MALINCHE

LAURA
ESQUIVEL

MALINCHE

SUMA de letras

Av. Universidad 767 col. del Valle
México D. F., 01300. Teléfono: 5420 75 30.
www.sumadeltras.com

Diseño de cubierta: Eduardo Ruiz
Diseño de interiores: Raquel Cané
Ilustraciones: Jordi Castells

Primera edición: marzo de 2006
Primera reimpresión: abril de 2006

ISBN: 970-731-112-6
Impreso en México

Al Viento

Uno

Primero fue el viento. Más tarde, como un relámpago, como una lengua de plata en el cielo, fue anunciada en el valle del Anáhuac la tormenta que lavaría la sangre de la piedra. Fue después del sacrificio que la ciudad se oscureció y se escucharon atronadoras descargas, luego apareció en el cielo una serpiente plateada que se vio con la misma fuerza en muy distintos lugares. Enseguida comenzó a llover de una manera pocas veces vista. Llovió toda la tarde y toda la noche y al día siguiente también. Durante tres días no cesó de llover. Llovió tanto, que los sacerdotes y sabios del Anáhuac se alarmaron. Ellos estaban acostumbrados a escuchar y a interpretar la voz del agua pero en esa ocasión sintieron que Tláloc, el dios de la lluvia, no sólo trataba de decirles algo sino que, por medio del agua, había dejado caer sobre ellos una nueva luz, una nueva visión que daría otro sentido a sus vidas, y aunque aún no sabían claramente cuál era, así lo sentían en sus corazones. Y antes de que sus mentes interpretaran correctamente la profundidad del mensaje, que el agua explicaba cada vez que se dejaba caer, la lluvia cesó y el sol resplandeciente se reflejó en la multitud de espejos, de pequeños lagos, ríos y canales que las lluvias habían dejado repletos de agua.

Ese día, lejos del valle del Anáhuac, en la región de Painala, una mujer luchaba por dar a luz a su primogénito. La lluvia ahogaba sus pujidos. Su suegra, que actuaba como partera, no sabía si prestar oídos a su parturienta nuera o al mensaje del dios Tláloc.

No le costó trabajo decidirse por la esposa de su hijo. El parto era complicado. A pesar de su larga experiencia nunca había asistido a un alumbramiento como ése. Durante el baño en temascal —inmediatamente anterior al parto— ella no había detectado que el feto viniera mal acomodado. Todo parecía estar en orden. Sin embargo, el esperado nacimiento se tardaba más de lo común.

Su nuera tenía un buen rato desnuda y en cuclillas pujando afanosamente y no lograba dar a luz. La suegra, previendo que el producto no pudiera pasar por la pelvis, comenzó a preparar el cuchillo de obsidiana con el que partía en pedazos el cuerpo de los fetos que no alcanzaban a nacer. Lo hacía dentro del vientre de sus madres, para que éstas los pudieran expulsar con facilidad y de esta manera al menos ellas salvaran sus vidas. De pronto, la futura abuela —arrodillada frente a su nuera— alcanzó a ver la cabeza del feto emergiendo de la vagina y retrocediendo al momento siguiente, lo cual le indicó que probablemente traía el cordón umbilical enredado en el cuello. De repente, una pequeña cabeza asomó entre las piernas de su madre, con el cordón umbilical entre los labios, como si una serpiente amordazara la boca del infante. La abuela interpretó esa imagen como un mensaje del dios Quetzalcóatl que en forma de serpiente se enredaba en el cuello y en la boca de la criatura. La abuela aprovechó la ocasión para meter su dedo y desenredar el cordón. Por unos momentos —que parecieron una eternidad—, nada sucedió. La fuerte lluvia era el único sonido que acompañaba los gemidos de la joven parturienta.

Después de que el agua habló, un gran silencio fue sembrado y sólo lo rompió el llanto de una niña a quien nombraron Malinalli por haber nacido en el tercer carácter, de la sexta casa.

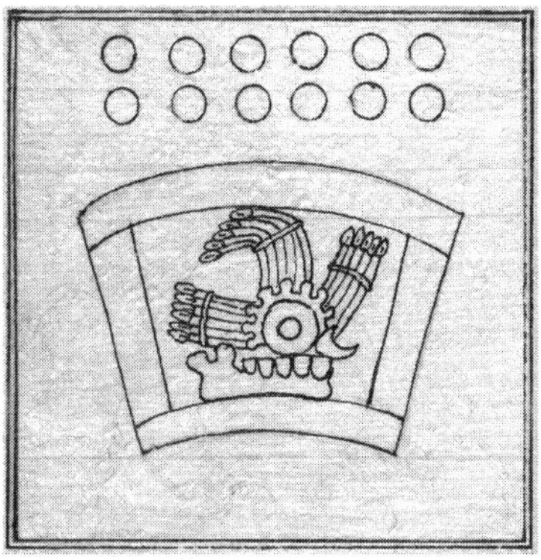

La abuela dio voces de guerrero para informar a todos que su nuera, como buena guerrera, había salido vencedora en su combate entre la vida y la muerte. Enseguida abrazó el cuerpo de su nieta contra su pecho y la besó repetidamente.

La recién nacida, hija del tlatoani de Painala, fue recibida por los brazos de su abuela paterna. La abuela presintió que esa niña estaba destinada a perderlo todo, para encontrarlo todo. Porque solamente alguien que se vacía puede ser llenado de nuevo. En el vacío está la luz del entendimiento, y el cuerpo de esa criatura era como un bello recipiente en el que se podían volcar las joyas más preciosas de la flor y el canto de sus antepasados, pero no para que se quedaran eternamente ahí sino para ser recicladas, transformadas y vaciadas de nuevo.

Lo que la abuela no alcanzó a percibir fue que la primera pérdida que esa niña iba a experimentar en su vida estaba demasiado cerca y, mucho menos, que ella misma se iba a ver fuertemente afectada. Así como la tierra primero había soñado con las flores, con los árboles, con los lagos y los ríos de su superficie, así la abuela había soñado con esa niña. Lo último que en ese momento hubiera pensado era que podría perderla. Presenciar el misterio de la vida era lo suficientemente impactante para evitar pensar en la muerte, en cualquiera de sus manifestaciones: el abandono, la pérdida, la desaparición. No, su mente y su corazón lo único que deseaban en ese momento era festejar la vida. Por tanto la abuela, quien había participado activamente durante todo el parto, miró con alegría y llena de embeleso cómo Malinalli abría los ojos y movía vigorosamente sus brazos.

Después de darle un beso en la frente, la depositó en los brazos de su padre, el señor de Painala, y procedió a efectuar el primer ritual del nacimiento, que consistía en el corte del cordón umbilical. Lo efectuó con una pieza de obsidiana que ella misma había preparado especialmente para la ocasión. La piedra había sido pulida con tanto esmero, que más parecía un refulgente espejo negro que un cuchillo. Al momento del corte, la pieza de obsidiana capturó los rayos de sol que se filtraban por el techo de palma y los reflejó con fuerza en el rostro de la abuela. Los poderosos rayos de luz del astro solar atravesaron

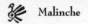

las pupilas de la abuela con tal magnificencia que dañaron irremediablemente su vista. En ese momento pensó que tal vez ése era el sentido de los alumbramientos: el acercamiento a la luz. También comprendió que al estar ayudando a su nuera a dar a luz, se había convertido en un eslabón más de la cadena femenina formada por generaciones de mujeres que se daban luz unas a otras.

Enseguida, la abuela depositó cuidadosamente a su nieta sobre el pecho de su nuera para que le diera la bienvenida. Al escuchar el latido de su madre, la niña se supo en lugar conocido y dejó de llorar. La abuela tomó la placenta y salió a enterrarla junto a un árbol del patio trasero de la casa. La tierra estaba tan húmeda a causa de la lluvia que el entierro se efectuó mitad en la tierra y mitad en el agua. La otra mitad del ombligo de Malinalli más bien fue ahogada en la tierra. Con él se sembraba la vida y se le devolvía a la tierra su origen. El cordón que une a la tierra con el cielo entregaba el alimento al alimento.

Pocos días después, la niña fue bautizada por su propia abuela, pues la tradición indicaba que debía hacerlo la partera que había traído una hembra al mundo. La ceremonia se realizó a la hora en que salió el sol. La niña estaba ataviada con un huipil y unas alhajas pequeñas que su abuela y su madre habían elaborado personalmente para ella. En medio del patio pusieron una palangana de barro pequeña y junto a ella colocaron una petaquilla, un huso y una lanzadera.

Sobre unos anafres de cerámica bellamente decorados, se puso a quemar copal. La abuela, con un incensario en la mano, se dirigió hacia el lugar por donde el sol estaba saliendo y le dijo al viento:

—Señor del soplador, mueve mi abanico, elévame a ti, dame tu fuerza. Señor.

Como respuesta, un leve viento le rozó la cara y supo que el momento era propicio para el saludo a los cuatro vientos. Giró lentamente hacia los cuatro puntos cardinales mientras pronunciaba unas oraciones. Luego pasó el incensario por debajo del cuerpo de su nieta, quien era sostenida en vilo por las manos de sus padres, que la ofrendaban al viento. La pequeña figura, recortada sobre el azul del cielo, pronto se cubrió con el humo del copal, signo de que había comenzado su purificación.

A continuación, la abuela dejó el incensario en su sitio y tomó a la niña entre sus brazos, la levantó nuevamente hacia el cielo, tomó agua con los dedos y se la dio a probar mientras decía:

—Ésta es la madre y el padre de todas nosotras, se llama Chalchiuhtlicue, la diosa del agua, tómala, recíbela en la boca, ésta es con la que has de vivir sobre la tierra.

Luego, tomando agua nuevamente con los dedos, se la puso en el pecho mientras decía:

—Ve aquí con la que has de crecer y reverdecer, la cual purificará y hará crecer tu corazón y tus entrañas.

Finalmente, ayudada por una jícara, le echó agua sobre su cabeza mientras le decía:

—Cata aquí el frescor y la verdura de Chalchiuhtlicue, que siempre está viva y despierta, que nunca duerme ni dormita; deseo que esté contigo y te abrace y te tenga entre sus brazos para que seas despierta y diligente sobre la tierra.

Enseguida, le lavó las pequeñas manos para que no hurtara y los pies y las ingles para que no fuera carnal. A continuación, pidió a Chalchiuhtlicue, la diosa del agua, que sacara del cuerpo de la niña todo mal, que lo apartara, que se lo llevara con ella, y finalmente le dijo:

—A partir de hoy serás llamada Malinalli, ese nombre será tu sino, el que por nacimiento te corresponde.

Para finalizar la ceremonia, el padre de Malinalli la tomó entre sus brazos y le dijo las acostumbradas palabras de bienvenida, en las que se expresaba a manera de oración o de cántico el acogimiento que le daban a los recién nacidos a esta nueva vida:

—Aquí estás, mi hijita, la esperada por mí, la soñada, mi collar de piedras finas, mi plumaje de quetzal, mi hechura humana, la nacida de mí. Tú eres mi sangre, mi color, en ti está mi imagen. Mi muchachita, mira con calma: he aquí a tu madre, tu señora, de su vientre, de su seno, te desprendiste, brotaste. Como si fueras una yerbita, así brotaste. Como si hubieras estado dormida y hubieras despertado. Ahora vives, has nacido, te ha enviado a la tierra el señor nuestro, el dueño del cerca y del junto, el hacedor de la gente, el inventor de los hombres.

En ese momento, el padre de Malinalli sintió en su mente una inspiración que no le pertenecía y en lugar de continuar con las tradicionales palabras de bienvenida, su lengua habló con otro canto:

—Hija mía, vienes del agua, y el agua habla. Vienes del tiempo y estarás en el tiempo, y tu palabra estará en el viento y será sembrada en la tierra. Tu palabra será el fuego que transforma todas las cosas. Tu palabra estará en el agua y será espejo de la lengua. Tu palabra tendrá ojos y mirará, tendrá oídos y escuchará, tendrá tacto para mentir con la verdad y dirá verdades que parecerán mentiras. Y con tu palabra podrás regresar a la quietud, al principio donde nada es, donde nada está, donde todo lo creado vuelve al silencio, pero tu palabra lo despertará y habrás de nombrar a los dioses y habrás de darle voces a los árboles, y harás que la naturaleza tenga lengua y hablará por ti lo invisible y se volverá visible en tu palabra. Y tu lengua será palabra de luz y tu palabra, pincel de flores, palabra de colores que con tu voz pintará nuevos códices.

****

Ese año de 1504, cuando el joven Hernán Cortés pisó la isla de La Española (isla que actualmente comprende República Dominicana y Haití) y se dio cuenta de que había un mundo que no era el suyo, su imaginación se llenó de deseos.

Como buen hijo único, estaba acostumbrado a tener todo aquello que su antojo reclamaba. Durante su etapa de desarrollo nunca había tenido que compartir sus juguetes con nadie y, en consecuencia, era un niño caprichoso que en cuanto deseaba algo, de inmediato se lo apropiaba. Con estas características, no es de extrañar que al descubrir tierras nuevas, su mente fuera cobijada por la ambición.

Había llegado a La Española por su propia voluntad, sin pertenecer a ningún ejército u orden alguna. Lo que lo había traído, aparte de un delirio de grandeza y un ansia por conocer el mundo, era un deseo de libertad. Los constantes mimos de su madre lo ahogaban, lo convertían en un niño débil y enfermizo. Su espíritu aventurero se sentía prisionero del cerco paterno. Por otro lado, las enormes expectativas que sus padres tenían puestas sobre él eran un compromiso, un lastre cuyo peso lo atormentaba. Nunca se lo dijeron abiertamente, pero él sentía en su corazón que a sus padres les decepcionaba su corta estatura. Le faltaba altura para formar parte de una orden de caballería o un ejército. Así que le quedaban tres opciones: ser paje en la corte del rey, ser cura o estudiar una buena profesión.

Su padre nunca logró que Hernán fuese aceptado como paje, así que esa posibilidad quedó descartada. Lo colocaron como monaguillo en la iglesia, pero no pasó de ahí, tal vez porque su carácter no se prestaba para servir a Dios de esa manera. Por último, Cortés asistió a la Universidad de Salamanca, donde aprendió latín y estudió por algún tiempo leyes. Sin embargo, prefirió levantar el ancla y zarpar al Nuevo Mundo en busca de oportunidades. Quería demostrarle a su madre que no era tan chaparro como ella pensaba, que no necesitaba de tantos estudios para tener dinero y poder. Él deseaba ser rico, los nobles eran ricos y los ricos hacían lo que querían.

Ahí, en la Española, su futuro dependía de él y sólo de él. Casi de inmediato tomó contacto con los jefes españoles de la isla, principalmente con el gobernador, Nicolás de Ovando, y con varios de sus allegados. Conversó con ellos, se enteró de la forma de vida que este nuevo mundo les ofrecía a todos ellos. Sin tardanza, ofreció soluciones a los problemas de control, diseñó proyectos y los convenció de que él era el indicado para llevarlos a cabo.

En poco tiempo se ganó la confianza y la estima de sus jefes, pues no solamente había ganado combates sobre los aborígenes y ayudado a apagar revueltas, sino que había diseñado rutas y caminos para recorrer el espacio en menos tiempo y con mucha más seguridad, dando como resultado que le fuera otorgada una encomienda de considerable valor en tierras donde se sembraba caña de azúcar. Para Cortés, esto no fue suficiente. Su mente ambiciosa no estaba satisfecha. Él necesitaba oro. Todo el oro que hubiera a su alcance. Quería deslumbrar a todos.

Una mañana, liberándose del miedo de perder su buena apariencia, decidió quitarse las botas —que le aumentaban un poco su corta estatura—, aflojar y despojarse de las vestimentas para sentir su cuerpo tal y como la naturaleza lo había creado. Le urgía descansar sus pies agrietados e infectados por una gran variedad de hongos. Los había pescado a bordo del barco que lo trajo de España y no había podido deshacerse de ellos.

El placer de caminar con los pies descalzos sobre la arena motivó su espíritu. La paz de esa mañana era tan grande que agradeció a Dios la vida que le había dado y la oportunidad que le brindaba de vivir ese momento histórico. Caminó rumbo al mar y dejó que las aguas lavaran sus pies. De inmediato sintió alivio y supo que el mar purificaría sus heridas de la misma manera en que lo hacía con las ropas de los marineros en alta mar. Durante los largos recorridos marítimos, la única manera que había de lavar la ropa era amarrándola fuertemente dentro de una red la cual tiraban por la borda y, mientras el barco avanzaba, el mar penetraba las fibras de la tela, la limpiaba de impurezas y la dejaba completamente limpia. Se quedó un buen momento ahí, dejando que las olas le lavaran las heridas.

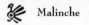

Ahí, parado frente al horizonte, recordó los largos días de travesía, en los que recargado en la borda del barco observó el cielo y las estrellas hasta abrir su mente y entender por primera vez y con toda claridad la redondez de la tierra y el cosmos infinito.

Más tarde, cuando salió del agua, se recostó sobre la hierba para que sus pies recibieran los benéficos y purificadores rayos solares. Con un brazo cubrió sus ojos para protegerlos del sol de mediodía y relajó su mente. El ruido lejano de las olas lo arrulló y el sueño lo venció por un instante. Un solo instante bastó para que, en un descuido, un venenoso escorpión lo picara y descargara todo su veneno en su cuerpo.

Por tres días Cortés se debatió entre la vida y la muerte.

Fueron días de lluvia y de rezos. Un fuerte temporal azotó la isla y no paró de llover día y noche. Cortés ni siquiera se dio cuenta de los truenos; sus compañeros españoles que le prestaron ayuda escucharon admirados y asustados lo que en sus delirios decía. Habló en latín y en lenguas extrañas. Habló en gritos y en susurros. Les dijo que había un sol enorme que crecía y crecía. Un sol que al explotar iba a derramar sangre por doquier; que los seres humanos iban a volar por los aires sin tener tierra firme donde reposar, que habría lágrimas y un insoportable olor a muerte invadiría todo su cuerpo; pronunció nombres de reyes moros, habló de las derrotas históricas de España, se lamentó de la crucifixión de Cristo, se encomendó a la Virgen de Guadalupe, vociferó maldiciones y afirmó que había sido una serpiente, una gran serpiente, la que lo había mordido, una serpiente que se elevaba por los aires y que volaba frente a sus ojos, y así deliró, hasta que se quedó completamente dormido. Algunos lo dieron por muerto, y estaba tan en paz que pensaron enterrarlo a la mañana siguiente, pero cuando llegaron al lugar para darle un santo entierro descubrieron que Cortés había abierto los ojos y se recuperaba milagrosamente. Observaron en él una transformación y se dieron cuenta de que su semblante proyectaba una nueva fuerza, un nuevo poder. Todos lo felicitaron y le dijeron que había nacido de nuevo.

Dos

Malinalli se había levantado más temprano que de costumbre. No había podido dormir en toda la noche. Tenía miedo. En el día que estaba aún por iniciar, por tercera vez en su vida, experimentaría un cambio total. Cuando el sol saliera, nuevamente la iban a regalar. No se explicaba qué podía haber de malo en su interior para que la trataran como un objeto estorboso, para que con tal facilidad prescindieran de ella. Se esforzaba por ser la mejor, por no causar problemas, por trabajar duro y, sin embargo, por alguna extraña razón no la dejaban echar raíces. Molía maíz casi a oscuras. Sólo la alumbraba la luz de la luna.

Desde el día anterior, cuando el canto de las aves había emigrado, su corazón había comenzado a encogerse. En total silencio observó cómo los pájaros, en su huida, se llevaban por el aire parte del clima, algunos trozos de luz y un pedazo de tiempo. De su tiempo. Ya nunca más vería el atardecer desde ese lugar. La noche se avecinaba acompañada de incertidumbre.

¿Cómo sería su vida al lado de sus nuevos dueños? ¿Qué sería de su milpa? ¿Quién sembraría de nuevo el maíz y quién lo cosecharía por ella? ¿Moriría sin sus cuidados?

Malinalli dejó escapar unas lágrimas. De pronto pensó en Cihuacóatl, la mujer serpiente, la diosa también llamada Quilaztli, madre del género humano, quien por las noches recorría los canales de la gran Tenochtitlan llorando por sus hijos. Decían que aquellos que la escuchaban ya no podían conciliar el sueño. Que sus lamentos de dolor y preocupación por el futuro de sus hijos eran aterradores. Hablaba a gritos del peligro y la destrucción que los acechaba. Malinalli, al igual que Cihuacóatl, lloraba por no poder proteger su sembradío. Para Malinalli cada mazorca era un himno a la vida, a la fertilidad, a los dioses. Sin sus cuidados, ¿qué le esperaba a su milpa? Ya no lo sabría. A partir de ese día empezaría a recorrer el camino que ya antes había transitado: el del desapego a la tierra con la que se había encariñado.

Nuevamente iba a llegar a un lugar desconocido. Nuevamente iba a ser la recién llegada. La de afuera, la que no pertenecía al grupo. Sabía por experiencia que de inmediato tenía que ganarse la simpatía de sus nuevos amos para evitar el rechazo y, en el peor de los casos, el castigo. Luego venía la etapa en que tenía que agudizar sus sentidos para ver y escuchar lo más acuciosamente que pudiera para conseguir asimilar en el menor tiempo posible las nuevas costumbres y las palabras que el grupo al que iba a integrarse utilizaba con más frecuencia para, finalmente y en base a sus méritos, ser valorada.

Cada vez que trataba de cerrar los ojos y descansar, un vuelco en el estómago la despertaba. Con los ojos muy abiertos recordó a su abuela y en su mente se infiltraron imágenes queridas y dolorosas a la vez. La muerte de la abuela había marcado su primer cambio.

El afecto más cálido y protector que Malinalli tuvo en su primera infancia fue su abuela, quien por años había esperado su nacimiento. Dicen que durante ese tiempo, muchas veces estuvo a punto de morir, pero pronto se recuperó diciendo que no podía partir antes de ver a quien tendría que heredarle su corazón y su sabiduría. Sin ella, la infancia de Malinalli no habría tenido ningún momento de alegría. Gracias a su abuela, ahora contaba con elementos suficientes para adaptarse a los dramáticos cambios que tenía que enfrentar, y sin embargo... tenía miedo.

Para calmarlo, buscó en el cielo a la Estrella de la Mañana. A su Quetzalcóatl querido, siempre presente. Su gran protector. Desde la primera vez que la regalaron siendo muy niña, Malinalli aprendió a superar el miedo a lo desconocido apoyándose en lo familiar, en la estrella luminosa que quedaba frente a la ventana de su habitación y que veía «danzar» en el cielo de un lado a otro, dependiendo de la época del año. A veces estaba sobre el árbol del patio, a veces la veía brillar sobre las montañas, a veces a un lado de ellas, pero siempre parpadeante, alegre, viva. Esa estrella era la única que nunca la abandonaba en la vida. La había visto nacer y estaba segura de que la iba a ver morir, ahí, desde su puesto en el firmamento.

Malinalli relacionaba la idea de eternidad con la Estrella de la Mañana. Había escuchado decir a sus mayores que el espíritu de los seres humanos, de las cosas vivientes y de los dioses vivía por siempre, que era posible ir y venir de este tiempo a ese otro lugar fuera del tiempo, sin morir, sólo cambiando de forma. Esta idea la llenaba de esperanza. Eso significaba que en el infinito cosmos que la rodeaba, su padre y su abuela estaban tan presentes como cualquier otro astro; que era posible su regreso. Como lo era el del señor Quetzalcóatl. Con la diferencia de que el regreso de su padre y su abuela sólo la beneficiaría a ella y el regreso de Quetzalcóatl, por el contrario, modificaría por completo el rumbo de todos los pueblos que los mexicas tenían sojuzgados.

Malinalli estaba en total desacuerdo con la manera en que ellos gobernaban, se oponía a un sistema que determinaba lo que una mujer valía, lo que los dioses querían y la cantidad de sangre que reclamaban para subsistir. Estaba convencida de que urgía un cambio social, político y espiritual. Sabía que la época más gloriosa de sus antepasados se había dado en el tiempo del señor Quetzalcóatl y por eso mismo ella anhelaba tanto su retorno.

Infinidad de veces había reflexionado sobre el hecho de que si el señor Quetzalcóatl no se hubiera ido, su pueblo no habría quedado a expensas de los mexicas, su padre no habría muerto, a ella nunca la habrían regalado y los sacrificios humanos no existirían. La idea de que los sacrificios humanos eran necesarios le parecía aberrante, injusta, inútil. A Malinalli le urgía tanto el regreso del señor Quetzalcóatl —principal opositor de los sacrificios humanos— que hasta estaba dispuesta a creer que su dios tutelar había elegido el cuerpo de los recién llegados a estas tierras para que ellos le dieran forma a su espíritu, para que ellos lo albergaran en su interior.

Malinalli tenía la plena convicción de que el cuerpo de los hombres era el vehículo de los dioses. Ésa era una de las grandes enseñanzas que su abuela le había transmitido mientras, jugando, le enseñó a trabajar con el barro.

Lo primero que aprendió a modelar fue una vasija para beber agua. Malinalli era una niña de sólo cuatro años de edad, pero con gran sabiduría, y le preguntó a la abuela:

—¿A quién se le ocurrió que hubiera jarros para el agua?

—Al agua misma se le ocurrió.

—¿Y para qué?

—Para poder reposar en su superficie y así poder contarnos los secretos del universo. Ella se comunica con nosotros en cada charco, en cada lago, en cada río; tiene diferentes formas para vestirse de gala y presentarse ante nosotros siempre nueva. La piedad del dios que habita en el agua inventó los recipientes donde, al tiempo que alivia nuestra sed, habla con nosotros. Todos los recipientes donde el agua está nos recuerdan que dios es agua y es eterno.

—¡Ah! —respondió la niña, sorprendida—. Entonces, ¿el agua es dios?

—Sí. Y también lo son el fuego y el viento y la tierra. La tierra es nuestra madre, la que nos alimenta, la que cuando reposamos sobre ella nos recuerda de dónde venimos. En sueños nos dice que nuestro cuerpo es tierra, que nuestros ojos son tierra y que nuestro pensamiento será tierra en el viento.

—Y el fuego, ¿qué dice?

—Todo y nada. El fuego produce pensamientos luminosos cuando deja que el corazón y la mente se fundan en uno solo. El fuego transforma, purifica e ilumina todo lo que se piensa.

—¿Y el viento?

—El viento es también eterno. Nunca termina. Cuando el viento entra a nuestro cuerpo, nacemos y, cuando se sale, es que morimos, por eso hay que ser amigos del viento.

—Y... este...

—Ya no sabes ni qué preguntar. Mejor guarda silencio, no gastes tu saliva. La saliva es agua sagrada que el corazón crea. La saliva no debe gastarse en palabras inútiles porque entonces estás desperdiciando el agua de los dioses, y mira, te voy a decir algo que no se te debe olvidar: si las palabras no sirven para humedecer en los otros el recuerdo y lograr que ahí florezca la memoria de dios, no sirven para nada.

Malinalli sonrió al recordar a la abuela. Tal vez ella también estaría de acuerdo en que los extranjeros venían de parte de los dioses.

No podía ser de otra manera. Los rumores que recorrían casas, pueblos y aldeas afirmaban que esos hombres blancos, barbados, habían llegado empujados por el viento. Todos sabían que al señor Quetzalcóatl sólo se le podía percibir cuando el viento estaba en movimiento. ¿Qué mayor indicio podían esperar para comprobar que venían en su representación que el haber sido empujados por el viento? No sólo eso: algunos de los hombres barbados coronaban sus cabezas con cabellos rubios, como los del elote. ¿Cuántas veces ellos, en las ceremonias de celebración, se habían teñido el pelo de amarillo para ser una perfecta representación del maíz? Si la apariencia del cabello de los extranjeros semejaba la de los cabellos de elote, era porque representaban al maíz, al regalo que Quetzalcóatl había dado a los hombres para su sustento. Por tanto, el cabello rubio que cubría sus cabezas podía interpretarse como un signo de lo más propicio.

Malinalli consideraba al maíz como la manifestación de la bondad. Era el alimento más puro que podía comer, era la fuerza del espíritu. Pensaba que mientras los hombres fuesen amigos del maíz, la comida nunca faltaría en sus mesas; mientras reconocieran que eran hijos del maíz y que el viento los había transformado en carne, tendrían plena conciencia de que todos eran lo mismo y se alimentaban de lo mismo.

Definitivamente, esos hombres extranjeros y ellos, los indígenas, eran lo mismo.

No quería pensar en otra posibilidad. Si había otra explicación a la llegada de los hombres que cruzaron el mar, no deseaba saberla. Sólo si ellos venían a instaurar de nuevo la época de gloria de sus antepasados, era que Malinalli tenía salvación. Si no, seguiría siendo una simple esclava a disposición de sus dueños y señores. El fin del horror debía de estar cerca. Así quería creerlo.

Para confirmar su teoría, acudió con un tlaciuhque que leía los granos de maíz. El hombre tomó un puño de granos con la mano derecha. Luego, con la boca semiabierta, les sopló desde la garganta. Enseguida, el adivino los lanzó sobre un petate. Observó detenidamente la forma en que los granos habían caído y así pudo responder a las tres preguntas que Malinalli le había hecho:

—¿Cuánto voy a vivir? ¿Voy a ser libre algún día? ¿Cuántos hijos voy a tener?

—Malinalli, el maíz te dice que tu tiempo no podrá medirse, que no sabrás en su extensión cuál será su límite, que no tendrás edad, pues en cada etapa que vivas descubrirás un nuevo significado y lo nombrarás, y esa palabra será el camino para deshacer el tiempo. Tus palabras nombrarán lo aún no visto y tu lengua volverá invisible a la piedra y piedra a la divinidad. Dentro de poco ya no tendrás hogar, no te dedicarás a la creación de la tela y la comida; tendrás que caminar y mirar y, mirando, aprenderás de todos los rostros, de todos los colores de piel, de todas las diferencias, de todas las lenguas, de lo que somos, de cómo lo dejaremos de ser y de lo que seremos. Ésta es la voz del maíz.

—¿Nada más? ¿No dice nada sobre mi libertad?

—Ya te dije lo que el maíz habló. No veo más.

Esa noche Malinalli no pudo dormir. No sabía cómo interpretar las palabras del adivino. Fue casi de madrugada que pudo conciliar el sueño, y en él se vio como una gran señora, como una mujer libre y luminosa que volaba por los aires sostenida por el viento. Ese feliz sueño de pronto se volvió una pesadilla; Malinalli observó cómo, a su lado, la luna era atravesada por cuchillos de luz que la lastimaban e incendiaban toda. La luna, entonces, dejó de ser luna para convertirse en una lluvia de lágrimas que alimentaron la tierra seca, y de ella surgieron flores desconocidas que Malinalli, asombrada, nombró por primera vez, pero que olvidó por completo al despertar.

Malinalli sacó una pequeña bolsa de manta que traía amarrada bajo su enredo y que contenía los granos de maíz que habían utilizado para leerle su suerte. Era un recuerdo viviente que siempre llevaba con ella. Había unido los granos de maíz por en medio con un hilo de algodón para asegurar su destino. Uno a uno, los pasaba entre sus dedos cada mañana mientras oraba, y ese día no podía ser la excepción; con gran fervor pidió a su querida abuela que la protegiera, que cuidara de su destino, pero, más que nada, pidió que le quitara el miedo, que le permitiera ver con nuevos ojos lo que había por venir. Cerró los párpados y apretó los granos de maíz fuertemente antes de continuar con su labor.

Por su rostro escurrieron unas gotas de sudor provocadas, en parte, por el trabajo que estaba realizando en el metate y, en gran medida, por la humedad del ambiente que desde esa temprana hora se empezaba a sentir. La humedad no le molestaba para nada, por el contrario, le recordaba al dios del agua, que siempre estaba presente en el aire. Le gustaba sentirlo, olerlo, palparlo, pero esa mañana la humedad la incomodaba pues parecía estar cargada de un miedo insoportable. Era un temor que se metía bajo las piedras, bajo las ropas, bajo la piel.

Era un miedo que se escapaba del palacio de Moctezuma, que cubría como una sombra desde el valle del Anáhuac hasta la región en donde ella se encontraba. Era un miedo líquido, que impregnaba la piel, los huesos, el corazón. Un miedo provocado por varios presagios funestos que se habían sucedido uno tras otro, años antes de que los españoles llegasen a estas tierras.

Todos los augurios pronosticaban la caída del imperio.

El primero de ellos fue una espiga de fuego que apareció en la noche y que parecía estar dejando caer gotas de fuego sobre la tierra.

El segundo presagio fue el incendio que destruyó el templo de Huitzilopochtli, el dios de la guerra, sin ninguna explicación, sin que nadie hubiese encendido el fuego y sin que nadie lo pudiese apagar.

El tercero fue un rayo mortal que cayó sobre un templo de paja perteneciente al Templo Mayor de Tenochtitlan; fue un golpe de sol que surgió de la nada, pues apenas caía una leve llovizna.

El cuarto presagio fue la aparición en el cielo de una capa de chispas que de tres en tres formaban una larga túnica que atravesaba todo el cielo con su larga cola, saliendo por donde se mete el sol y dirigiéndose hacia donde éste sale. La gente al verlo daba alaridos de espanto.

En el quinto presagio, hirvió el agua en una de las lagunas que rodeaban el valle del Anáhuac. El agua hirvió con tal furia y se levantó tan alto que destruyó las casas.

El sexto presagio fue la aparición de Cihuacóatl, la mujer que se oía llorar por las noches diciendo: «¡Hijitos míos! ¿adónde los llevaré? ¡Tenemos que irnos lejos!».

El séptimo presagio fue la aparición de un ave desconocida que unos hombres que trabajaban en el agua encontraron y llevaron ante la presencia de Moctezuma. Era un pájaro ceniciento, como una grulla, que tenía en la cabeza un espejo. Si se miraba a través de él, se podía ver el cielo y las estrellas. Cuando Moctezuma miró por segunda vez el espejo, vio en la cabeza del ave a varias personas que se peleaban entre sí y lo tomó como un pésimo presagio.

Y el octavo y último presagio fue la aparición de gentes deformes que tenían dos cabezas o estaban unidas por el frente o la espalda y que después de que Moctezuma las veía, desaparecían.

Moctezuma, alarmado, mandó llamar a sus magos, a sus sabios, y les dijo:

—Quiero que me digan si vendrá enfermedad, pestilencia, hambre, langosta, terremotos, si lloverá o no, díganlo. Quiero saber si habrá guerra contra nosotros o si vendrán muertes a causa de la aparición de aves con espejo en la cabeza, no me lo oculten; también quiero saber si han oído llorar a Cihuacóatl, tan nombrada en el mundo, pues cuando ha de suceder algo en el mundo, ella lo interpreta primero que nadie, aun mucho antes de que suceda.

En el silencio del amanecer, Malinalli podía jurar que había escuchado los lamentos, los llantos de Cihuacóatl, y sintió unos deseos irresistibles de orinar. Dejó la labor del metate y salió al patio. Se levantó el enredo y el huipil, se puso en cuclillas y pujó, pero el esperado líquido se resistía a dejar su cuerpo. Malinalli entonces se dio cuenta de que la sensación que tenía en el vientre provenía del miedo y no de una necesidad fisiológica. Extrañó a su abuela como nunca y recordó el día en que la habían regalado por primera vez.

Era sólo una niña de cinco años.

La idea de dejar atrás todo aquello querido por ella le resultaba aterradora. Temblaba de pies a cabeza. Le dijeron que sólo podía llevar lo indispensable y ella no lo tuvo que pensar ni un instante. Tomó un costalito de yute y dentro metió la herencia de su abuela: un collar y una pulsera de jade, un collar de turquesa, unos huipiles que la abuela le había bordado, unas figuras de barro que juntas habían modelado y unos granos de maíz de la milpa, que juntas habían cosechado.

Su madre la condujo hasta la salida del pueblo. Malinalli, con su cargamento a cuestas, se aferraba a la mano de su madre, como queriendo hacerse una con ella. Como si ella misma —una frágil niña— fuese el propio Quetzalcóatl, luchando por fundirse con el sol para gobernar al mundo.

Pero ella no era diosa y su deseo fue en vano. Su madre le soltó los pequeños dedos agarrotados, la entregó a sus nuevos dueños y dio media vuelta. Malinalli, al verla alejarse, se orinó y en ese momento sintió que los dioses la abandonaban. Que no iban a ir con ella, que el agua que escurría entre sus piernas era el signo de que el dios del agua la abandonaba, y lloró todo el camino. Dejó regadas sus lágrimas por las veredas que recorría como si fuera marcando el camino que años más tarde habría de seguir de regreso, esta vez en compañía de Cortés.

La tristeza de ese aciago día se aminoró grandemente cuando en la madrugada, cansada de llorar, al observar las estrellas descubrió entre ellas a la Estrella de la Mañana. Su corazón le brincó dentro del pecho. Saludó a su eterna amiga y la bendijo. En ese momento y a pesar de su corta edad —o tal vez gracias a ella—, a Malinalli le quedó muy claro que no había perdido nada. Que no había por qué tener miedo, que sus dioses estaban en todos lados, no sólo en su casa. Ahí mismo soplaba la brisa del viento, había flores, había canto, estaban la luna y la Estrella de la Mañana presentes, y al amanecer vio que el sol también salía por aquellas latitudes.

Con los días comprobó que su abuela tampoco había muerto, vivía en su mente, vivía en la milpa donde Malinalli había sembrado los granos de maíz que había traído en su morral. Juntas, la abuela y ella habían seleccionado los mejores granos de su última cosecha para ser sembrados antes de la próxima temporada de lluvias. Malinalli ya no lo pudo hacer ni con las bendiciones de su abuela ni en su querido terruño; sin embargo, la siembra había sido un éxito. La milpa se llenó de enormes mazorcas, que estaban impregnadas de la esencia de la abuela y, después de la cosecha, Malinalli pudo entrar en comunión con ella cada vez que se llevaba una tortilla a la boca.

La abuela había sido su mejor compañera de juegos, su mejor aliada, su mejor amiga a pesar de que con los años se había ido quedando ciega poco a poco. Lo curioso era que mientras la abuela menos veía, menos necesitaba los ojos. Ella no comentó a nadie que estaba perdiendo la vista. Se movía igual que siempre y sabía perfectamente dónde estaban todos los objetos. Nunca tropezó ni tampoco pidió ayuda. Parecía haber dibujado en su mente todas las distancias, los caminos y los rincones de su entorno.

Cuando Malinalli cumplió tres años, su abuela le regaló figuras de barro y juguetes de arcilla, un vestido que ella misma había bordado, casi a ciegas, un collar de turquesa y una pequeña pulsera de granos de maíz.

Malinalli se sintió muy amada. Acompañada de su abuela, salió al patio a jugar con todos sus regalos. Al poco rato una nube negra las cubrió y un fuerte trueno interrumpió la fiesta. Un relámpago llamó la atención de Malinalli. Era plata en el cielo. ¿Eso qué significaba? ¿Qué era ese brillo plateado en lo gris? Y antes de que la abuela contestara comenzó a granizar. El sonido fue tal que ya no se oyó una voz más. Sólo la voz del granizo que todo lo ensordecía.

Malinalli y su abuela se guarecieron de la llu
de la casa. Cuando la lluvia cesó, Malinalli pidió p
salir a jugar. Entusiasmada y feliz, hundió sus ma
dras de hielo, levantó figuras, hizo círculos de
éste poco a poco se fue volviendo agua. Jugó
el agua y el lodo. Manchó su vestido nuev
manos. Hizo muñecas de barro, pelotas
se cansó. Ya oscureciendo entró de nu
gran alegría le dijo a su abuela:

—De todos los juguetes que me han regalado, los que más me gustan son mis juguetes de agua.

—¿Por qué? —le preguntó la abuela.

—Porque cambian de forma.

Y la abuela le explicó:

—Sí, hija, son tus más bonitos juguetes, no sólo porque cambian de forma sino porque siempre vuelven, pues el agua es eterna.

La niña se sintió comprendida y le dio un beso a su abuela. Al recibirlo, la abuela notó que la niña olía a tierra mojada y que estaba llena de lodo de pies a cabeza. A la abuela no le molestó que hubiera ensuciado su vestido; tampoco la reprendió por haber desgastado tan pronto lo que con tanto esfuerzo sus ojos ciegos habían creado. Al contrario, le habló de la alegría que era obtener placer con el agua, con la tierra y con el viento. Que entregarse a ellos era una forma de gozar la vida.

Después de la lluvia otra vez el calor se apoderó del clima y poco a poco se volvió insoportable. Malinalli, aunque ya era de noche, pidió permiso para salir nuevamente a jugar; la abuela, por ser su cumpleaños, se lo concedió. La anciana se sentó en el portal mientras su nieta jugaba y reía. Después de un rato, el silencio se hizo presente. No se oyó un sonido más.

La abuela se alarmó y fue a buscar a su nieta, a la cual amaba más allá de la carne, más allá de la mirada, más allá de las estrellas. Caminando, tropezó con ella y descubrió que la niña se había quedado dormida encima del lodo. Con gran ternura la acarició, la cargó en sus brazos y la llevó dentro de la casa. La durmió en su regazo y se quedó contemplando las estrellas. No las podía ver con sus ojos del cuerpo pero sí con los del alma, y con ésos hacía tiempo que ella había dibujado en su corazón un planetario.

Ese día la casa había estado en silencio y sólo el cascabel la risa de Malinalli había llenado los espacios y las distans del hogar. Sólo la abuela y Malinalli habían celebrado su npleaños pues su mamá había salido varios días antes, en compañía de un tlatoani, del cual estaba enamorada, para asistir como espectadores a la ceremonia del Fuego Nuevo que cada cincuenta y dos años se realizaba en esas tierras. Era un evento importante, pero la madre de Malinalli había tardado más de lo necesario en regresar.

Pasada la medianoche se oyeron las risas y el bullicio que hacían la madre de Malinalli y su nuevo señor. Venían alegres y muy animados, pues el hombre, al calor del Fuego Nuevo, le había propuesto matrimonio y ella, gustosa, había aceptado de inmediato. Ella lo invitó a pasar, le preparó una hamaca para que durmiera y cuando la madre de Malinalli se disponía a dormir, su suegra la interrumpió diciéndole:

—Hoy hace tres años nació tu hija, hoy fue su cumpleaños, ¿por qué no estuviste con ella? ¿Por qué no tuviste el cuidado de poner sobre su pubis la concha roja?

—Porque entonces cuando ella cumpla trece años tendría que hacerle la ceremonia del «nacer de nuevo» y yo ya no voy a estar ahí para hacerlo.

—¿Cómo es eso de que no vas a estar a su lado?

—No, porque la voy a regalar.

—No puedes arrancarla de mí. Ella pertenece a mi corazón, ella pertenece a mi sentimiento, en ella está presente la imagen de mi hijo, ¿acaso lo has olvidado?

La madre de la niña, con voz hiriente, le contestó:

—Todo se olvida en esta vida, todo pasa al recuerdo, todo acontecimiento deja de ser presente, pierde su valor y su significado, todo se olvida. Ahora tengo un nuevo señor y tendré nuevos hijos; Malinalli será entregada a una nueva familia que se encargará de cuidarla pues ella forma parte del fuego viejo que yo quiero olvidar.

La abuela reclamó:

—No. Yo estoy aquí para regalarle el camino, para suavizar su existencia, para mostrarle que el sueño en el que vivimos puede ser dulce, lleno de cantos y flores.

La nuera respondió:

—No todos soñamos lo mismo. El sueño puede ser cruel, el sueño puede ser doloroso como el mío. Ella será entregada porque en esta vida se olvida todo.

La abuela, con voz autoritaria, repuso:

—Es notorio que no te causa llanto ni preocupación lo que pase con tu hija. Veo que has olvidado los consejos de tu padre y de tu madre. ¿Crees acaso que has venido a esta tierra a vociferar, a dormir y a despertar jocosamente con tu nuevo señor? ¿Has olvidado que fue el dios del cerca y del junto quien te dio a esa niña para que la enseñaras a conducirse en la vida? Si es así, deja que yo me encargue de ella. Deja que mientras yo tenga vida, Malinalli viva a mi lado.

La madre de Malinalli accedió a la petición de la abuela y fue así que a partir de ese día la niña fue educada amorosamente por ella.

Gracias a las largas pláticas que la abuela y su nieta sostenían, desde los dos años el lenguaje de la niña era preciso, amplio y ordenado. A los cuatro años, Malinalli ya era capaz de expresar dudas y conceptos complicados sin el menor problema. El mérito era de la abuela.

Desde muy temprana edad, se había encargado de enseñarle a Malinalli a dibujar códices mentales para que ejercitara el lenguaje y la memoria. «La memoria», le dijo, «es ver desde dentro. Es dar forma y color a las palabras. Sin imágenes no hay memoria». Luego le pedía a la niña que dibujara en un papel un códice, o sea, una secuencia de imágenes que narraran algún acontecimiento. Podía ser un hecho real o imaginario. La niña pasaba largas horas dibujando y, por la noche, la abuela le pedía a Malinalli que le narrara su códice antes de dormir. De esta manera era como ellas jugaban. La abuela se divertía mucho descubriendo la imaginación y la inteligencia que su nieta tenía para interpretar las imágenes de un lienzo.

Lo que Malinalli nunca se imaginó fue que su abuela estuviera ciega. Para ella, la abuela se comportaba normalmente y conversaba muy bonito, sentía que el timbre de su voz acariciaba su oído y despertaba en ella una enorme alegría; se podía decir que Malinalli estaba enamorada de la voz y los ojos de su abuela. Cuando la abuela narraba historias, Malinalli observaba sus ojos con una curiosidad desmedida pues veía en ellos una belleza que no había visto en ninguna otra persona. Lo que más le atraía era que los ojos de su abuela sólo se encendían cuando hablaba. Cuando la abuela quedaba en silencio, sus ojos perdían vida, se apagaban. Fue de manera accidental que descubrió que esto se debía a que no podía ver.

Una tarde, cuando la abuela descansaba en el exterior de la casa, Malinalli se acercó en silencio y, sin hacer ruido, se puso muy cerca de su abuela. Traía un pequeño pájaro entre sus manos y le dijo:

—Mira abuela, ¿ves cómo sufre?

La abuela le preguntó:

—¿Qué es lo que sufre?

—¿No lo ves? Lo traigo en mis manos y está herido, me gustaría curarlo.

—No, no lo veo, ¿de dónde está herido?

—De una de sus alas.

La abuela extendió las manos y Malinalli depositó en ellas la pequeña ave.

Para Malinalli fue toda una sorpresa darse cuenta de que su abuela trataba de descubrir a tientas el daño en el ala del pájaro.

—Citli, ¿cómo es que viéndolo todo, no ves nada? Si tus ojos no ven los colores, no ven mis ojos, no ven mi cara, no ven mis códices, ¿qué es lo que ven?

La abuela le contestó:

—Yo veo lo que está atrás de las cosas. No puedo ver tu cara, pero sé que eres hermosa; no puedo ver tu exterior, pero puedo percibir tu alma. Nunca he visto tus códices, pero los he visto a través de tus palabras. Puedo ver todas las cosas en las que creo. Puedo mirar el porqué estamos aquí y adónde iremos cuando dejemos de jugar.

Malinalli empezó a llorar en silencio y su abuela le preguntó:

—¿Por qué lloras?

—Lloro porque veo que no necesitas los ojos para mirar ni para ser feliz —le respondió—, y lloro porque te quiero y no quiero que te vayas.

La abuela, con ternura, la tomó entre sus brazos y le dijo:

—Nunca me iré de ti. Cada vez que veas un ave volar, ahí estaré yo. En la forma de los árboles, ahí estaré yo. En las montañas, en los volcanes, en la milpa, estaré yo. Y, sobre todas las cosas, cada vez que llueva estaré cerca de ti. En la lluvia siempre estaremos juntas. Y no te preocupes por mí, yo me quedé ciega porque me molestaba que las formas me confundieran y no me dejaran ver su esencia. Yo me quedé ciega para regresar a la verdad. Fue una decisión mía y estoy feliz de ver lo que ahora veo.

Había amanecido. Esa mañana la luz era más líquida y las nubes dibujaban fantásticos animales en el cielo. Malinalli, acompañada del recuerdo de su abuela, dejó la labor del metate y procedió a encender el fuego para calentar el comal en donde la masa se transformaría en tortillas.

Lo hizo despacio y en respetuoso silencio. Era la última vez que lo encendería en ese lugar. Por un momento se dedicó a observar las formas del fuego tratando de adivinar su significado. El dios Huehuetéotl, el Fuego Viejo, le mostró sus mejores formas y colores. Las chispas, rojas y amarillas, se mezclaron con las verdes y azules para dibujar en los ojos de Malinalli mapas estelares, que la ubicaron en un lugar fuera del tiempo. Malinalli por un momento se llenó de paz. En este estado, modeló la masa con las palmas de sus manos y elaboró un par de tortillas que puso a cocer en el comal. La primera se la comió lentamente, hasta sentir dentro de su cuerpo la presencia de la abuela y del señor Quetzalcóatl. La otra la dejó quemar por completo y más tarde la molió en el metate hasta que la tortilla sólo fue una fina ceniza que lanzó al aire para dejar constancia de su presencia en ese lugar, para que el viento hablara por ella de su pasado, de su infancia, de su abuela.

Realizada esta íntima y personal ceremonia, Malinalli procedió a empacar sus pertenencias. Metió en un saco de yute los collares que como herencia su abuela le había dejado, unos granos de maíz de su milpa, más unos cuantos granos de cacao; moneda de gran valor, para utilizarlas en caso de una necesidad. Al hacerlo, deseó ser igual de valiosa que un grano de cacao; si así fuera, sería altamente valorada y nadie se atrevería a regalarla así nomás.

En cuanto tuvo listo el equipaje que la habría de acompañar, se dedicó a lavarse, vestirse y peinarse con esmero. Antes de partir, bendijo a la tierra que la había alimentado, al agua, al aire, al fuego y le pidió a los dioses que la acompañaran, que la guiaran, que le dieran su luz para conocer su mandato y su voluntad para poder cumplirlos. Pidió su bendición para que todo aquello que ella fuera a hacer o decir de ahí en adelante fuera de provecho para ella, para su pueblo y para la armonía del cosmos. Pidió al sol que le diera el poder de su voz para ser oída por todos y a la lluvia que la ayudara a fecundar todo aquello que sembrara.

Cubrió con tierra las cenizas que quedaban de lo que para ella era su fuego viejo y partió, con sus quince años a cuestas y la compañía de su abuela y Quetzalcóatl en las entrañas.

****

Aquel día, Cortés se había levantado de madrugada.

No podía dormir. Durante la noche, los pocos ratos en que logró conciliar el sueño fueron interrumpidos por espantosas pesadillas. La más aterradora se derivaba de un sueño que había tenido años atrás, en el cual se había visto rodeado de gentes desconocidas que lo llenaban de atenciones y honores, tratándolo como a un rey. En su momento, ese sueño lo había llenado de felicidad y le había proporcionado la certeza de que él iba a ser alguien importante. Sin embargo, la noche anterior ese sueño se había convertido en pesadilla, los honores en burlas, en intrigas susurrantes, en cuchillos con ojos que se encajaban en su espalda... en muerte. Lo peor de todo era que, al abrir los ojos, el sueño continuaba, el miedo seguía ahí, agazapado en la oscuridad.

La oscuridad no le gustaba, le achaparraba el alma. Durante sus largas travesías marinas siempre buscó en el cielo a la estrella Polar, la estrella de los navegantes, para no sentirse perdido. Cuando el cielo estaba nublado y no podía ver las estrellas, navegar sobre un mar negro lo llenaba de ansiedad.

No entender el idioma de los indígenas era lo mismo que navegar sobre un mar negro. Para él, el maya era igual de misterioso que el lado oscuro de la luna. Sus ininteligibles voces lo hacían sentirse inseguro, vulnerable. Por otro lado, no confiaba del todo en su traductor. No sabía hasta dónde el fraile Jerónimo de Aguilar era fiel a sus palabras o era capaz de traicionarlas.

El fraile le había llegado prácticamente caído del cielo. Sobreviviente de un naufragio años atrás, Jerónimo de Aguilar había sido hecho prisionero por los mayas. En cautiverio, había aprendido la lengua y las costumbres de aquella cultura. Cortés se había sentido muy afortunado cuando se enteró de su existencia y rápidamente lo hizo rescatar. De inmediato, Aguilar le proporcionó a Cortés información importantísima acerca de los mayas y, sobre todo, del imperio mexica, extenso y poderoso.

Aguilar resultó muy útil como intérprete entre Cortés y los indígenas de Yucatán, pero no había mostrado habilidad alguna para la negociación y el convencimiento, ya que, de haberla tenido, las primeras batallas entre españoles e indígenas no habrían sido necesarias. Cortés prefería recurrir al diálogo que a las armas. Peleaba sólo cuando fracasaba en el campo de la diplomacia. Y pronto tuvo que hacerlo.

Cortés había ganado la primera batalla. Su instinto de triunfo había logrado la derrota de los indígenas en Cintla. Desde luego, la presencia de los caballos y la artillería había jugado el papel más importante en esa su primera victoria en suelo extraño. Sin embargo, lejos de encontrarse con ánimo festivo y celebrando, un sentimiento de impotencia se había apoderado de su mente.

Desde pequeño había desarrollado la seguridad en sí mismo por medio de la facilidad que poseía para articular las palabras, entretejerlas, aplicarlas, utilizarlas de la manera más conveniente y convincente. A todo lo largo de su vida, a medida que había ido madurando, comprobaba que no había mejor arma que un buen discurso. Sin embargo, ahora se sentía vulnerable e inútil, desarmado. ¿Cómo podría utilizar su mejor y más efectiva arma ante aquellos indígenas que hablaban otras lenguas?

Cortés hubiera dado la mitad de su vida con tal de dominar aquellas lenguas del país extraño. En La Española y en Cuba había progresado y ganado puestos de poder gracias a la manera en que decía sus discursos, adornados con latinajos, luciendo sus conocimientos.

Cortés sabía que no le bastarían los caballos, la artillería y los arcabuces para lograr el dominio de aquellas tierras. Estos indígenas eran civilizados, muy diferentes a aquellos de La Española y Cuba. Los cañones y la caballería surtían efecto entre la barbarie, pero dentro de un contexto civilizado lo ideal era lograr alianzas, negociar, prometer, convencer, y todo esto sólo podía lograrse por medio del diálogo, del cual se veía privado desde el principio.

En este nuevo mundo recién descubierto, Cortés sabía que tenía en sus manos la oportunidad de su vida; sin embargo, se sentía maniatado. No podía negociar, necesitaba con urgencia alguna manera de manejar la lengua de los indígenas. Sabía que de otra forma —a señas, por ejemplo— le sería imposible lograr sus propósitos. Sin el dominio del lenguaje, de poco le servirían sus armas. Pensó que sería lo mismo que querer utilizar un arcabuz como un garrote, en vez de dispararlo.

La velocidad de su pensamiento podía crear en fracción de segundos nuevos propósitos y nuevas verdades que le sirvieran para sostener la vida de acuerdo a su conveniencia. Pero estas ideas y propósitos descansaban en la solidez de su discurso.

También estaba convencido de que la fortuna favorece a los valientes, pero en este caso la valentía —que la tenía de sobra— de poco serviría. Ésta era una empresa construida desde el principio a base de palabras. Las palabras eran los ladrillos y la valentía la argamasa.

Sin palabras, sin lengua, sin discurso no habría empresa, y sin empresa, no había conquista.

****

La noche que había precedido al nuevo día había llenado de pesadillas la mente de Moctezuma.

El emperador había soñado con niños que caminaban desnudos sobre la nieve que cubría los volcanes Popocatepetl e Iztaccíhuatl. Lo hacían gustosos a pesar de que serían sacrificados para que Huitzilopochtli fuera alimentado. Moctezuma vio cómo esos niños fueron ahogados en un ojo de agua y cómo sus cuerpos flotaban. Luego vio que el dios del agua caminaba encima de ellos y del cielo se desplomaban gruesas gotas de agua, las mismas que el emperador Moctezuma tenía en sus ojos al despertar. Después, sin estar dormido, imaginó que los cráneos de los niños serían los vasos donde todos ellos beberían agua.

Su imaginación, al mismo tiempo, le provocaba espanto y placer. Y tal vez esto último fue lo que más lo horrorizó. De pronto, un violento viento abrió la puerta de golpe y dejó caer la luz del sol sobre la cara de Moctezuma. Luz y viento desayunaban sus ojos esa mañana.

El aire, con violencia, movía las telas y arrancaba de su lugar lo acomodado, tiraba al piso los objetos del cuarto donde Moctezuma dormía. El terror se apoderó del mandatario y su mente fabricó a gran velocidad una serie de imágenes de castigos ejemplares: agujas de maguey que atravesaban la lengua y el pene; agujas sangrantes que hablaban de culpa, de la gran culpa que Moctezuma cargaba sobre sus espaldas porque su pueblo, el de los aztecas, había traicionado y deformado los principios de la antigua religión tolteca.

Los aztecas eran un pueblo nómada que dejó de serlo cuando se estableció en Tula. El fundador mítico de Tula fue Quetzalcóatl, la serpiente emplumada, y Moctezuma estaba seguro de que la llegada de los españoles se debía a que Quetzalcóatl estaba de regreso y venía a pedirle cuentas. El terror al castigo del dios paralizó su enorme capacidad guerrera. De otra forma, habría aniquilado a los extranjeros en un solo día.

INRI

Tres

Era plena primavera cuando bautizaron a Malinalli.

Ella vestía toda de blanco. No había otros colores en su vestido, pero sí volúmenes en su bordado. Malinalli sabía la importancia del bordado, del hilado y del arte plumario y había elegido para la ocasión un huipil ceremonial, lleno de significados, que ella misma había elaborado.

Los huipiles hablaban. Decían muchas cosas de las mujeres que los habían tejido. Hablaban de su tiempo, de su condición social, de su estado civil, de su conexión con el cosmos. Ponerse un huipil era toda una iniciación, al hacerlo uno repetía diariamente el viaje interior hacia el exterior. Al meter la cabeza por el orificio del huipil, uno transitaba entre el mundo de sueños que está reflejado en el bordado hacia la vida que aparece en cuanto uno saca la cabeza. Ese despertar a la realidad es un acto ritual matutino que recuerda día a día el significado del nacimiento. Los huipiles la mantienen a una con la cabeza en el centro, cubierta por delante, por detrás y por los costados. Esta cruz que forma la tela bordada del huipil significa estar plantada en el centro del universo. Alumbrada por el sol y arropada por los cuatro vientos, los cuatro rumbos, los cuatro elementos. Así se sentía Malinalli con su bello huipil blanco lista para ser bautizada.

Para ella, la ceremonia del bautizo era muy importante y le emocionaba profundamente saber que para los españoles también. Asimismo, sus antepasados acostumbraban su realización, pero a su manera. Su abuela se la hizo cuando ella nació y se suponía que a los trece años se la tenían que haber realizado de nuevo, pero nadie lo hizo. Malinalli lo lamentó mucho.

El número trece era muy significativo. Son trece las lunas de un año solar. Trece menstruaciones. Trece las casas del calendario sagrado de los mayas y mexicas. Cada una de las casas la integraban veinte días y la suma de trece casas por los veinte días daban un resultado de doscientos sesenta días. Cuando uno nacía, tanto el calendario solar de trescientos sesenta y cinco días como el sagrado, de doscientos sesenta días, daban inicio y no se volvían a empatar hasta los cincuenta y dos años. Un ciclo completo donde nuevamente se daba inicio a la cuenta.

Si se suman el cinco y el dos, del número cincuenta y dos se obtiene un siete, y siete también es un número mágico porque son siete los días que integran cada una de las cuatro fases de la luna. Malinalli sabía que los siete primeros días, cuando la luna se encontraba entre la tierra y el sol, estaba oscura pues la luna nueva apenas se hallaba a punto de surgir, era el momento de estar en silencio para que todo aquello que estuviera por nacer lo hiciera libremente, sin ninguna interferencia. Era el mejor momento para «sentir» cuál debía ser el objetivo principal de la actividad que uno tenía que realizar en el siguiente ciclo lunar. Era el nacimiento del propósito. Los próximos siete días, cuando la luna salía a mediodía y se ponía a medianoche, mostrando sólo medio rostro, era el momento de avanzar en dichos propósitos. Cuando la luna se encontraba al lado de la tierra y reflejaba plenamente los rayos del sol sobre su superficie, era el momento de celebrar y compartir los logros obtenidos, y los últimos siete días, cuando la luna mostraba la otra mitad de su rostro, era momento para recapitular sobre todo lo obtenido en esos veintiocho días.

Todas estas nociones del tiempo son las que acompañaban a cada ser humano desde el momento en que nacía. Malinalli había nacido en la casa doce. La fecha de nacimiento marcaba un destino y por eso Malinalli llevaba el nombre de la casa en la que había nacido. El significado del doce es el de la resurrección.

El glifo que corresponde al día doce es el de una calavera de perfil, pues representa todo aquello que muere o se transforma. El cráneo, en vez de pelo tiene malinalli, una fibra también llamada zacate de carbonero. El glifo doce alude a la muerte que abraza a su hijo muerto y le procura reposo. Representa la unidad o madre que arrebata a la muerte el bulto de un cuerpo envuelto con su tilma y atado con malinalli, el zacate sagrado. Se apodera de él para devolverlo a la unidad del uno y parirlo, renovado. Malinalli también era el símbolo del pueblo, así como de la ciudad bruja de Malinalco, fundada por la diosa lunar-terrestre Malínal-Xóchitl o Flor de Malinalli.

Curiosamente, fue con malinalli de lo que estaba hecha la manta que Juan Diego portaba el día en que en el año de 1531 se le apareció la Virgen de Guadalupe sostenida por la luna, el día doce del doceavo mes y a los doce años de la llegada de Hernán Cortés a México.

Malinalli estaba tan orgullosa de todos estos conceptos contenidos en el significado de su nombre, que intentó plasmarlos en el huipil que lunas atrás había comenzado a bordar.

Fue en el silencio que sintió la necesidad de elaborarlo y hasta ahora comprendió que había estado en lo correcto. Ese huipil era el indicado para ser utilizado precisamente en la anhelada ceremonia del bautizo. Estaba fabricado con hilo de seda, hilado por ella misma y tejido en telar de cintura. Tenía incrustaciones de conchas marinas y plumas preciosas. Llevaba bordado el símbolo del viento en movimiento en el pecho, circundado por serpientes emplumadas. Era, en sí, un mensaje cifrado para ser visto y valorado por los emisarios del señor Quetzalcóatl.

Vestía como una devota fiel pero nadie parecía notarlo. Malinalli esperaba ansiosa una respuesta que le indicara que alguien la reconocía. Al único que parecía deslumbrarle su atavío era a un caballo que tomaba agua en el río y que nunca le quitó la vista durante el tiempo en que duró la ceremonia del bautizo. A Malinalli no le pasó inadvertido y desde ese momento surgió entre ellos una relación de afecto.

Cuando la ceremonia terminó, Malinalli se acercó a Aguilar, el fraile, para preguntarle cuál era el significado de Marina, el nombre que le acababan de poner. El fraile le respondió que Marina era la que provenía del mar.

—¿Sólo eso? —preguntó Malinalli.

El fraile respondió con un simple:

—Sí.

La desilusión se dibujó en sus ojos. Ella esperaba que el nombre que le estaban adjudicando los enviados de Quetzalcóatl tuviera un significado mayor. No se lo estaban poniendo unos simples mortales que desconocían por completo el profundo significado del universo, sino unos iniciados, como ella suponía. Su nombre tenía que significar algo importante.

Insistió con el fraile, pero la única respuesta adicional que obtuvo fue que lo habían elegido porque Malinalli y Marina guardaban cierta similitud fonética.

No. Se negaba a creerlo. Siendo un día tan importante en la vida de Malinalli, decidió no dejarse caer en el desencanto y por ella misma se dedicó a enseñorear su nuevo nombre. Si su nombre indígena significaba «hierba trenzada» y las hierbas y todas las plantas en general necesitaban de agua, y su nuevo nombre estaba relacionado con el mar, significaba que tenía asegurada la vida eterna pues el agua es eterna y por siempre iba a alimentar lo que ella era: una hierba trenzada. Sí, ¡ese mismo era el significado de su nombre!

Enseguida quiso pronunciarlo pero le fue imposible. La erre de Marina se le atoraba en la punta de la lengua y lo más que logró después de varios intentos fue decir «Malina», lo cual la dejó muy frustrada.

Una de las cosas que más admiración le causaba era que con un mismo aparato bucal los seres humanos fuesen capaces de emitir infinidad de sonidos diferentes, y ella, que se consideraba una muy buena imitadora, no entendía por qué no podía con la erre.

Le pidió al fraile que pronunciara su nombre una y otra vez y no despegó su vista ni un segundo de los labios de Aguilar, quien pacientemente repitió Marina repetidas veces. A Malinalli le quedó claro que lo que se necesitaba para lograr pronunciar la erre era colocar la lengua, detrás de los dientes sólo un instante, pero su lengua aparte de colocarse atrás del paladar, como estaba acostumbrada, no se movía con la velocidad requerida, por lo que el resultado era desastroso.

Era obvio que necesitaba de mucha práctica, pero no estaba dispuesta a darse por vencida. Desde niña había ejercitado su lengua para reproducir sonidos. Al año de edad, gustaba de balbucear, de hacer ruidos con la boca, bombitas de saliva e imitar todo sonido que escuchaba. Ponía mucha atención en el canto de los pájaros, en el ladrido de los perros. Arropada por el silencio de la noche, gustaba de descubrir sonidos lejanos e identificar al animal que estaba emitiendo tal o cual sonido para luego remedarlo, y hasta antes de la llegada de los españoles su método de aprendizaje era muy efectivo, pero el nuevo idioma había llegado a su vida trayendo nuevos y complicados retos.

Quiso intentar con otra palabra para no sentirse tan frustrada y se decidió por preguntarle al fraile sobre su dios. Quería saber todo de él. Su nombre, sus atributos, la forma de allegarse a él, de hablarle, de celebrarlo, de alabarlo.

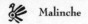

Le había encantado escuchar en el sermón previo al bautizo —que Aguilar mismo había traducido para todos ellos— que los españoles les pedían que no se siguieran dejando engañar con dioses falsos que exigían sacrificios humanos. Que el dios verdadero que ellos traían era bueno y amoroso y nunca les exigiría algo por el estilo. A los ojos de Malinalli ese dios misericordioso no podía ser otro que el señor Quetzalcóatl que con ropajes nuevos regresaba a estas tierras para reinstaurar su reino de armonía con el cosmos. Le urgía darle la bienvenida, hablar con él.

Le pidió al fraile que le enseñara a pronunciar el nombre de su dios. Aguilar amablemente lo hizo y Malinalli, llena de emoción, descubrió que esa palabra, al no tener ninguna erre de por medio, no se le dificultaba en absoluto. Malinalli aplaudió como niña chiquita. Se sentía encantada.

La maravillaba la sensación de pertenencia que sentía cuando lograba pronunciar el nombre que un grupo social había asignado a alguna cosa. La convertía de inmediato en cómplice, en amiga, en parte de una familia. Ese sentimiento la llenaba de alegría pues no había nada que la molestara más que sentirse excluida. Enseguida, Malinalli le preguntó al fraile sobre el nombre de la esposa de Dios. Aguilar le dijo que no tenía esposa.

—Entonces, ¿quién es esa mujer con el niño en brazos que pusieron en el templo?

—Es la madre de Cristo, de Jesucristo, quien vino a salvarnos.

¡Era una madre! La madre de todos ellos, entonces debía ser la señora Tonantzin.

No en balde, cuando el fraile ofició la misa previa al bautizo, Malinalli se había sentido arrobada por un sentimiento que no supo explicar. Era una especie de nostalgia de brazos maternos, un deseo de sentirse arropada, abrazada, sostenida, protegida por su madre —como en algún tiempo tenía que haber sido—, por su abuela —como definitivamente había sucedido—, por Tonantzin —como esperaba que fuera— y por una madre universal, como esa señora blanca que sostenía a su hijo en brazos. Una madre que no la regalara, que no la soltara, que no la dejara caer al piso sino que la elevara al cielo, que la ofrendara a los cuatro vientos, que le permitiera recuperar su pureza.

Todos estos pensamientos la acompañaron mientras ofrecía la misa el sacerdote español y hablaba en una lengua que ella no entendía pero que imaginaba.

****

Cortés, al igual que Malinalli, también pensó en su madre. En la infinidad de veces que lo llevó de la mano a la iglesia para pedir por su salud de niño enfermizo. En su constante preocupación por ayudarlo a superar su corta estatura, su debilidad física y su condición de hijo único. Era claro que dentro de una sociedad dedicada a las artes marciales y en donde eran frecuentes las peleas urbanas un niño con estas características estaba destinado al fracaso y tal vez por eso sus padres se empeñaron en procurarle una buena educación.

Cortés, durante la misa, recordó el momento en que se había despedido de su madre antes de partir para el Nuevo Mundo. Recordó su aflicción, sus lágrimas y el cuadro de la Virgen de Guadalupe que le había regalado para que siempre lo acompañara. Cortés estaba seguro que esa virgen era quien le había salvado la vida cuando un escorpión lo había picado y le pidió en ese momento que no lo abandonara, que lo cuidara, que fuera su aliada, que lo ayudara a triunfar. Le quería demostrar a su madre que podía ser algo más que un simple paje al servicio del rey.

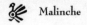

Estaba dispuesto a todo. A desobedecer órdenes, a pelear, a matar. No le había bastado ser alcalde de Santiago, en Cuba. No le había importado ignorar las instrucciones que el gobernador Diego Velázquez le había dado, según las cuales se le recomendaba no correr riesgos, tratar a los indios con prudencia, recavar información sobre los secretos de esas tierras y encontrar a Grijalva, quien dirigía la anterior expedición. Venía en un viaje de exploración, no de conquista, que tenía el propósito de descubrir, no de poblar. Lo que Velázquez esperaba de él era que explorara la costa del golfo y regresara a Cuba con algún rescate de oro pacíficamente obtenido, pero Cortés tenía mucha más ambición que ésa.

¡Si su madre pudiera verlo! Conquistando nuevas tierras, descubriendo nuevos lugares, nombrando nuevas cosas. La sensación de poder que sentía cuando le ponía un nuevo nombre a algo o a alguien era equiparable con la de dar a luz. Las cosas que él nombraba nacían en ese momento. Iniciaban nueva vida a partir de él. Lo malo era que a veces le fallaba la imaginación. Cortés era bueno para las estrategias, las alianzas, las conquistas, pero no para imaginar nuevos nombres; tal vez por eso admiraba tanto la sonoridad y la musicalidad que el maya y el náhuatl contenían. Era incapaz de inventar nombres como Quiahuiztlan, Otlaquiztlan, Tlapacoyan, Iztacamaxtitlan o Potonchan, así que recurría al idioma español para nombrar de la manera más convencional a cada lugar y a cada persona que tomaba bajo su poder. Por ejemplo, al pueblo totonaca de Chalchicueyecan lo bautizó como Veracruz ya que había llegado a ese lugar el 22 de abril de 1519, un Viernes Santo, o sea, día de la Verdadera Cruz: Vera Cruz.

Lo mismo pasó con los nombres que eligió para las indias que les acababan de regalar. Eligió los nombres más comunes, sin esforzarse mucho. Eso no impidió que Cortés siguiera la misa previa al bautizo con entusiasmo; le conmovía ver el fervor reflejado en los ojos de todos los indios presentes a pesar de que la misa, como tal, era completamente nueva para ellos. Lo que no sabía era que para los indígenas cambiar el nombre o la forma de sus dioses no representaba ningún problema. Cada dios era conocido con dos o más nombres y se le representaba de diferentes maneras, así que el hecho de que ahora les pusieran una virgen española en la pirámide donde antes celebraban a sus dioses antiguos podía ser superado con la fe.

Cortés, quien de niño había sido acólito, nunca había sentido tanta fe reunida. Y pensó que si estos indios, en vez de dedicar su fe a un dios equivocado la encaminaran con el mismo empeño al dios verdadero, iban a ser capaces de producir muchos milagros. Esta reflexión lo llevó a concluir que tal vez ésa era su verdadera misión, salvar de las tinieblas a todos los indios, ponerlos en contacto con la religión verdadera, acabar con la idolatría y con la nefasta práctica de los sacrificios humanos, para lo cual tenía que tener poder, y para adquirirlo tenía que enfrentarse al poderoso imperio de Moctezuma. Con toda la fe que le fue posible, le pidió a la Virgen que le permitiera salir triunfante en esa empresa.

Él era un hombre de fe. La fe lo elevaba, le proporcionaba altura, lo transportaba fuera del tiempo. Y precisamente en el momento en que con más fervor pedía ayuda, sus ojos se cruzaron con los de Malinalli y una chispa materna los conectó con un mismo deseo. Malinalli sintió que ese hombre la podía proteger; Cortés, que esa mujer podía ayudarlo como sólo una madre podía hacerlo: incondicionalmente.

Ninguno de los dos supo de dónde surgió ese sentimiento pero así lo sintieron y así lo aceptaron. Tal vez fue el ambiente del momento, el incienso, las velas, los cantos, los ruegos, pero el caso es que los dos se transportaron al momento en el que más inocencia habían tenido: a su infancia.

Malinalli sintió que su corazón se inflamaba con el calor que despedían la gran cantidad de velas que los españoles habían colocado en el lugar que antes fuera un templo dedicado a sus antiguos dioses. Ella nunca había visto velas. Muchas veces había encendido antorchas e incensarios, pero velas no. Le parecía completamente mágico ver tantos fuegos pequeños, tanta luz reflejada, tanta iluminación proveniente de tan pequeña lumbre. Dejó que el fuego le hablara con todas esas minúsculas voces y quedó deslumbrada al ver la luz de las velas reflejada en los ojos de Cortés.

Cortés desvió la mirada. La fe lo elevaba, pero los ojos de Malinalli lo devolvían a la realidad, a la carnalidad, al deseo, y no quiso que el brillo de los ojos de Malinalli lo distrajera de sus planes. Estaba en medio de la misa e iniciando una empresa que tenía que respetar y hacer respetar, la cual ordenaba que ninguno de ellos podía tomar para sí una mujer indígena.

Sin embargo, su atracción por las mujeres era irrefrenable y le significaba un enorme esfuerzo controlar su instinto, así que para evitar tentaciones, decidió destinar a esa india al servicio de Alonso Hernández Portocarrero, noble que lo había acompañado desde Cuba y con quien quería quedar bien. Darle una india a su servicio era una forma de halago. A todas luces Malinalli sobresalía entre las demás esclavas, caminaba con seguridad, era desenvuelta e irradiaba señorío.

Al conocer la decisión de Cortés, el corazón de Malinalli dio un vuelco. Ése era el signo que ella esperaba. Si Cortés, quien sabía era el capitán principal de los extranjeros, le ordenaba servir a ese señor que parecía un respetable tlatoani, era porque había visto en ella algo bueno. Claro que a Malinalli le hubiera encantado quedar bajo el servicio directo de Cortés, el señor principal, pero no se quejaba, había causado una buena impresión y en su experiencia de esclava sabía que eso era primordial para llevar una vida lo más digna posible.

A Portocarrero, por su parte, también le agradó la decisión de Cortés. Malinalli, esa mujer-niña, era inteligente y bella. Presta a obedecer y a servir. Su primera tarea fue encender el fuego para darle de comer. Malinalli se dispuso a hacerlo de inmediato. Buscó trozos de ocote, madera impregnada de resina ideal para encender el fuego. Luego formó con ellos una cruz de Quetzalcóatl, paso indispensable en el ritual del fuego. Enseguida tomó una vara seca, de buen tamaño, y la comenzó a frotar sobre el ocote.

Malinalli sabía allegarse al fuego como nadie. No tenía problemas para encenderlo, sin embargo, en esa ocasión el fuego parecía estar enojado con ella. La cruz de Quetzalcóatl se negaba a encender. Malinalli se preguntó el motivo. ¿Estaría enojado el señor Quetzalcóatl con ella? ¿Por qué? Ella no lo había traicionado, todo lo contrario. Había participado en la ceremonia del bautizo con la mente impregnada de su recuerdo. Es más, ¡desde antes de la ceremonia! Pues recordó que al entrar al templo donde se ofreció la misa, su corazón brincó de emoción al ver en el centro del altar una cruz, que para ella era la del señor Quetzalcóatl, pero que los españoles consideraban como propia, y no pudo evitar conmoverse. En ningún momento había traicionado sus creencias. Sin embargo, el ocote se negaba a obedecer y ése era un mal augurio.

Malinalli, angustiada, comenzó a sudar. Para solucionar el inconveniente, decidió ir a buscar hierba seca. Para llegar al lugar en donde se encontraba, tenía que cruzar por donde pastaban los caballos. Al llegar frente a ellos se detuvo. Entre todos ellos, descubrió al que había estado con ella en el río en el momento de su bautizo. Su amigo silencioso, el caballo, se acercó a ella y por unos momentos se observaron el uno al otro. Fue un momento mágico, de mutua admiración y reconocimiento.

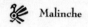

Los caballos eran una de las cosas que más le habían llamado la atención a Malinalli de entre todas las pertenencias de los extranjeros. Nunca había visto animales como aquéllos y de inmediato cayó presa de la seducción. Tanto que la segunda palabra que Malinalli aprendió a pronunciar, después de dios, fue caballo.

Le gustaban los caballos, eran como perros grandotes con la diferencia de que en ellos uno alcanzaba a verse totalmente reflejado en sus ojos. En cambio, en los ojos de los perros no encontraba esa nitidez. Mucho menos en los perros que los españoles habían traído con ellos; éstos no eran como los itzcuintlis, los perros de los indígenas, sino perros agresivos, violentos, de mirada cruel. Los ojos de los caballos eran bondadosos. Malinalli sentía que los ojos de los caballos eran un espejo donde se reflejaba todo aquello que uno sentía, en otras palabras, eran un espejo del alma.

El primer día que llegó al campamento fue el día en que tuvo su primer acercamiento con ellos. El resultado fue inenarrable, no podía expresar en palabras la sensación que tuvo al poner su mano sobre la crin del caballo. Los itzcuintlis no tenían pelo ni el tamaño de un animal de esos. Aprendió a querer a los caballos desde antes de tocarlos. Los había observado a lo lejos, durante la batalla de Cintla, y había quedado prendada de ellos. Ese día se les había ordenado a mujeres y niños abandonar el poblado antes de la batalla y permanecer a prudente distancia, pero la curiosidad de Malinalli era más poderosa que la obediencia. Algunas gentes que habían visto a los españoles montando a sus caballos le habían dicho que los extranjeros eran mitad animales; otros, que los animales eran mitad hombres y mitad dioses; y otros, que eran un solo ser. Malinalli se decidió a salir de dudas por sí misma y se colocó en un lugar que le permitiera observar la batalla sin arriesgar la vida. En determinado momento uno de los españoles rodó por el piso y ella pudo presenciar cómo el caballo evitaba a toda costa pisarlo, a pesar de ir en plena huida. Ese mismo caballo se vio forzado a moverse de su sitio pues la estampida de los otros caballos así lo obligaron, y, con ello, inevitablemente su amo quedó entre sus patas. No tuvo más remedio que pisar a su amo pero el caballo lo hizo delicadamente, sin dejar caer todo su peso en las patas para no dañar al jinete. A partir de ese instante, Malinalli sintió admiración por los caballos, sabía que esos animales no lastimaban, su lealtad era a toda prueba, podía confiar en ellos, lo cual no podía decirse de todas las personas.

Por ejemplo, los ojos de Cortés la desconcertaban: por un lado la atraían y por el otro le daban desconfianza. A veces, su mirada era más parecida a la de los perros que a la de los caballos. Su mismo físico era como el de un animal salvaje, rudo y fuerte. La cantidad de vello que le cubría los brazos, el pecho, la barba así lo indicaba. Los indígenas eran más bien lampiños, nunca en su vida había visto un hombre con tanto pelo.

Se moría de curiosidad por ver lo que se sentía al acariciarlo. Pasar su mano por su pecho, por sus brazos, por sus piernas, por sus entrepiernas, pero en su calidad de esclava tenía que mantener la distancia. Y lo prefería, ya había sentido las miradas de Cortés en sus caderas y en sus pechos y no le gustaban. Los ojos de Cortés eran como los ojos que les ponían a los cuchillos de pedernal con los que sacaban los corazones de los sacrificados. Eran ojos en los que no podía confiar pues al igual que los cuchillos con ojos se podían enterrar en el pecho y sacar el corazón. Prefería los ojos de su nuevo amo, el señor Portocarrero; eran unos ojos de mirar indiferente, pero como para ella la indiferencia era lo familiar, lo conocido, lo que siempre había vivido, se sentía a gusto a su lado. Y para complacerlo era necesario cumplir con la primera tarea que le había encomendado. Presurosa tomó un manojo de hierbas secas, y con su ayuda no tuvo ningún problema para encender el fuego y hacer tortillas para su nuevo amo.

El alivio le llenó el corazón. Estaba encendiendo un fuego nuevo, de una nueva forma, con un nuevo nombre, con nuevos amos que traían nuevas ideas, nuevas costumbres. Se sentía agradecida y convencida de que estaba en buenas manos y de que los nuevos dioses habían venido a acabar con los sacrificios humanos.

Malinalli, con su nuevo nombre, recién bautizada y purificada, al lado de Cortés iniciaba la etapa más importante de su vida. El fuego en la hoguera era poderoso. Para avivarlo aún más tomó el soplador. Encender el fuego era una ceremonia importante.

Malinalli recordó con una claridad sorprendente la última vez que había encendido el fuego en compañía de su abuela. Ella era una niña pequeña; era temprano por la mañana que la abuela le dijo:

—Hoy dejaré estas tierras. No veré derrumbarse a todo el universo de piedra: ni los escritos de piedra, ni las flores de piedra, ni las telas de piedra que construimos para ser espejos de los dioses. Hoy el canto de los pájaros se llevará mi alma por los aires, y mi cuerpo quedará desanimado, volverá a la tierra, al lodo y amanecerá de nuevo algún día en el sol que se encuentra escondido en el maíz. Hoy mis ojos se abrirán en flor y dejaré estas tierras, pero antes sembraré todo mi cariño en tu piel.

Sin previo aviso, una lluvia repentina empezó a caer sobre la región. La abuela comenzó a reír y con su risa llenó de música la habitación. Malinalli no sabía si lo que la abuela había hablado respecto a irse a algún lado se trataba de una broma o era verdad. Ella lo único que sentía era que la abuela y ella tenían la misma edad, que no había tiempo ni distancia entre ellas, que podía jugar y compartir sus deseos, inquietudes y fantasías con su amada abuela vuelta niña.

La abuela invitó a Malinalli a salir a jugar en la lluvia. La niña, divertida, la obedeció. Afuera de la casa pronto todo se hizo lodo. Las dos juntas se sentaron en el piso y enardecidamente se dedicaron a jugar con la tierra mojada. Diseñaron formas de animales y figuras mágicas. Parecía que la locura se había apoderado de la abuela y que, totalmente fuera de control, compartía ese mal con su nieta. La abuela le pidió a la niña que cubriera sus ojos con lodo, que se los refrescara con el lodo. La niña comenzó a acariciar el rostro de su abuela con sus manitas tratando de cumplir cabalmente con los enloquecidos deseos de su abuela. Cuando estuvo maquillada con el barro, la abuela le habló a su nieta:

—La vida siempre nos ofrece dos posibilidades: el día y la noche, el águila o la serpiente, la construcción o la destrucción, el castigo o el perdón, pero siempre hay una tercera posibilidad oculta que unifica a las dos: descúbrela.

Después de pronunciar estas palabras, la abuela se levantó con los ojos cubiertos de lodo y señaló al cielo.

—¡Mira hija! ¡Las nadadoras del aire!

Malinalli observó el sorprendente vuelo que unas águilas estaban ejecutando sobre ellas.

—¿Cómo es que supiste que estaban ahí si no las puedes ver?

—Porque está lloviendo y cuando llueve el agua me habla, el agua me indica la forma que tienen los animales cuando los acaricia, el agua me dice cuán alto o qué tan duro es un árbol por la forma en que éste suena al recibir la lluvia, y me dice muchas cosas más, como el futuro de cada persona, que es dibujado en el cielo por los peces del aire, sólo hay que adivinarlo. El mío es muy claro, los cuatro vientos me han dado su señal.

En ese momento la atmósfera se volvió naranja y un estallido de luz envolvió la mente de esas dos mujeres que parecían encantadas, transformadas y levantadas de la gravedad de la vida para flotar en la ligereza de los sueños. La abuela comenzó a cantar en diferentes dialectos y con voces ininteligibles mientras abrazaba con nostalgia e infinito amor a su nieta. Después de un rato, le pidió que fuese a recoger todos los pedazos de hierba seca que encontrara. Cuando la niña cumplió sus órdenes, dentro de la casa encendieron el fuego nuevo con las brasas del día anterior. Mientras las ramas ardían la abuela dijo:

—Todas las aves tomaron del fuego su figura. El pensamiento también tiene su origen en el fuego. Las lenguas de fuego pronuncian palabras tan frías y exactas como la verdad más cálida que puedan tener los labios. Recuerda que las palabras pueden crear de nuevo el universo. Cada vez que te sientas confundida contempla el fuego y entrégale tu mente.

Malinalli, fascinada, contempló las mil formas escondidas en el fuego hasta que éste se consumió. La abuela sonrió y le dijo:

—Siempre recuerda que no hay derrota que el fuego no pueda consumir.

La niña se volvió a mirar a su abuela y observó cómo le corrían las lágrimas en medio de la tierra seca que cubría sus párpados. La abuela, entonces, de una cesta donde guardaba sus pertenencias tomó un collar y una pulsera de jade y, mientras se las colocaba a su nieta, con voz serena la bendijo de esta manera:

—Que la tierra se una a la planta de tu pie y te mantenga firme, que sostenga tu cuerpo cuando éste pierda el equilibrio. Que el viento refresque tu oído y te dé a toda hora la respuesta que cure todo aquello que tu angustia invente. Que el fuego alimente tu mirada y purifique los alimentos que nutrirán tu alma. Que la lluvia sea tu aliada, que te entregue sus caricias, que limpie tu cuerpo y tu mente de todo aquello que no le pertenece.

La niña sintió que la abuela se estaba despidiendo de ella y con voz angustiada le suplicó:

—No me abandones, Citli, no te vayas a ir.

—Ya te dije que nunca me voy a ir de ti.

Y mientras la abrazaba fuertemente y la llenaba de besos, en silencio le ofreció al sol a su nieta. La bendijo en nombre de todos los dioses y sin palabras dijo: «Que Malinalli sea la espantadora del miedo. La victoriosa del miedo, la que desaparezca el miedo, la que incendie el miedo, la que ahuyente el miedo, la que borre el miedo, la que nunca tenga miedo».

Malinalli permaneció enredada en los brazos de su abuela hasta que la paz se hizo completa en ella. Cuando por fin se separó, descubrió que la abuela estaba inmóvil. Que había dejado de pertenecer al tiempo, que se había evaporado del cuerpo, que su lengua había regresado al silencio.

La niña comprendió que era la muerte y lloró.

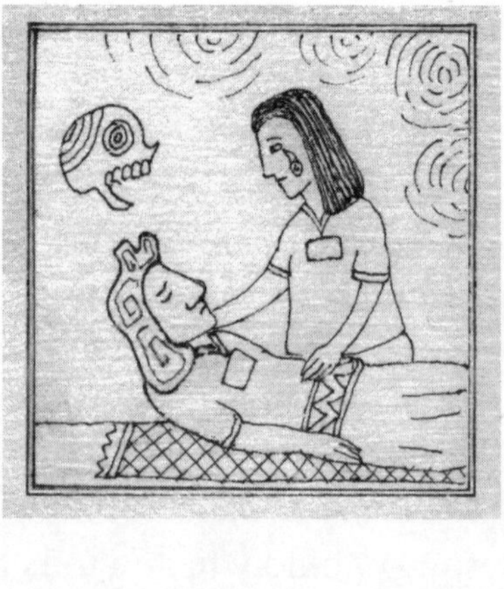

Ahora, iniciando una nueva vida, encendiendo un nuevo fuego al lado de sus nuevos dueños, se sentía feliz.

Hasta el momento, todo había salido como ella lo esperaba. Quería creer que el tiempo de lágrimas había quedado atrás. Sentía una renovación interna. Los pocos días que habían pasado desde que llegó al campamento de los españoles habían sido inolvidables. Nunca se había sentido amenazada o insegura. Claro que no había llegado sola, y no precisamente por venir acompañada por otras diecinueve mujeres esclavas, sino porque había llegado arropada de su pasado. El familiar. El personal. El cósmico. En su cuello llevaba el collar de jade que había pertenecido a su abuela. En sus tobillos, cascabeles. Cubriendo su cuerpo, un huipil tejido por ella misma y bordado con plumas de aves preciosas que representaban una escalera al cielo por donde ella subiría para reencontrarse con la abuela.

Cuatro

Malinalli lavaba ropa en un río, en las afueras de Cholula. Estaba molesta. Había mucho ruido. Demasiado. No sólo el que hacían sus manos al frotar y enjuagar la ropa en el agua, sino el que había en el interior de su cabeza.

Todo el ambiente le hablaba de agitación. El río donde lavaba la ropa cargaba de musicalidad el lugar por la fuerza con la que sus aguas chocaban contra las piedras. A este sonido había que agregarle el de las aves que alborotaban como nunca, el de las ranas, los grillos, los perros y los mismos españoles, los nuevos habitantes de estas tierras, que contribuían con el escandaloso sonido de sus armaduras, de sus cañones y de sus arcabuces. A Malinalli le urgía el silencio, la calma. Decía el Popol Vuh —el libro sagrado de sus mayores— que cuando todo estaba en silencio, en completa calma, en la oscuridad de la noche, en la oscuridad de la luz, es que surgía la creación.

Malinalli necesitaba de ese silencio para crear nuevas y sonoras palabras. Las palabras justas, las que fuesen necesarias.

Hacía poco, había dejado de servir a Portocarrero, su señor, pues Cortés la había nombrado «la lengua», la que traducía lo que él decía al idioma náhuatl y lo que los enviados de Moctezuma hablaban del náhuatl al español. Si bien era cierto que Malinalli había aprendido español a una velocidad extraordinaria, de ninguna manera podía decirse que lo dominara por completo. Con frecuencia tenía que recurrir a Aguilar para que la ayudara a traducir correctamente y lograr que lo que ella decía cobrara sentido tanto en las mentes de los españoles como de los mexicas.

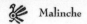

Ser «la lengua» era una enorme responsabilidad. No quería errar, no quería equivocarse y no veía cómo no hacerlo, pues era muy difícil traducir de una lengua a otra conceptos complicados. Ella sentía que cada vez que pronunciaba una palabra uno viajaba en la memoria cientos de generaciones atrás. Cuando uno nombraba a Ometéotl, el creador de la dualidad Ometecihtli y Omecíhuatl, el principio masculino y femenino, uno se instalaba en el momento mismo de la Creación. Ése era el poder de la palabra hablada.

Luego entonces, ¿cómo encerrar en una sola palabra a Ometéotl, el que no tiene forma, el señor que no nace y no muere, a quien el agua no lo puede mojar, el fuego no lo puede quemar, el viento no lo puede mover de lugar y la tierra no lo puede cubrir? Imposible. Lo mismo parecía sucederle a Cortés, quien no lograba hacerla entender ciertos conceptos de su religión. El día en que Malinalli le preguntó cuál era el nombre de la esposa de su dios, Cortés respondió:

—Dios no tiene esposa.

—No puede ser.

—¿Por qué no?

—Porque sin vientre, sin oscuridad, no puede surgir la luz, la vida. Es en lo más profundo que la madre tierra produce las piedras preciosas, y es en la oscuridad del vientre donde toman forma humana los hombres y los dioses. Sin vientre no hay dios.

Cortés miró a Malinalli fijamente y vio en el abismo de sus ojos la luz. Fue un momento de intensa conexión entre ellos; sin embargo, Cortés cambió de rumbo su mirada, se desconectó bruscamente de ella pues le dio miedo esa sensación de complicidad, de pertenencia, y enseguida intentó dar por terminada la conversación entre ellos, pues aparte de todo, le parecía muy extraño hablar de cuestiones religiosas con ella. A fin de cuentas, no era más que una india a su servicio.

—¡Qué puedes saber tú de Dios! Tus dioses exigen toda la sangre del mundo para existir; en cambio a nosotros Dios nos la entrega en cada comunión. Nosotros bebemos su sangre.

Malinalli no entendió del todo las palabras que Cortés acababa de pronunciar. Lo que ella quería escuchar, y lo que su cerebro quería interpretar, era que el dios de los españoles era un dios líquido, pues era en la sangre, en el secreto de la carne, en el secreto del amor, donde estaba contenida la eternidad del universo, y ella quería creer en una divinidad así.

—¿Entonces tu dios es líquido? —preguntó entusiasmada Malinalli.

—¿Líquido?

—Sí, ¿no dices que está en la sangre que les da?

—¡Que sí, mujer! Pero ahora respóndeme tú, ¿tus dioses te entregan la sangre?

—No.

—¡Ala! Entonces, a no creer en ellos.

Malinalli le respondió con lágrimas en los ojos.

—Yo no creo en que haya que entregar la sangre. Creo en tu dios líquido, me gusta que sea un dios siempre derramado y que se manifieste hasta en mis lágrimas. Me gusta que sea severo, rígido, justo. Que su ira pueda desaparecer o crear el universo en un día. Pero no puede hacerlo sin agua; ni sin vientre. Para que la flor y el canto sean, se necesita agua; en ella surgen las palabras y la materia toma forma. Hay vida que nace sin vientre, pero no permanece mucho sobre la tierra; en cambio, lo que se genera en la oscuridad, en lo profundo de las cuevas, como las piedras preciosas o el oro, dura más. Dicen que hay un lugar del otro lado del mar en donde existen las montañas más altas, y ahí nuestra madre tierra tiene mucha, mucha agua, para fecundar la tierra, y aquí, en mi tierra, tenemos cuevas profundas y dentro de ellas se producen grandes tesoros...

—¿En verdad? ¿Qué tesoros son ésos? ¿Dónde están tales cuevas?

Malinalli no quiso responderle. Dijo que no sabía. La interrupción le molestó. Le mostró que a Cortés no le interesaba escuchar nada de su religión, ni de sus dioses, ni de sus creencias, ni de ella misma. Le quedó claro que sólo le interesaban los tesoros materiales. Se disculpó y se fue a llorar al río.

Estas y muchas otras cosas más dificultaban el entendimiento entre ambos. Malinalli creía que la palabra coloreaba la memoria, sembraba imágenes cada vez que designaba un nombre. Y así como surgían flores en el campo cuando recibían agua de lluvia, aquello que se sembraba en la mente daba frutos cada vez que la palabra humedecida por la saliva de la boca la nombraba. Por ejemplo, la idea de un dios verdadero, eterno, que los españoles pregonaban, dio fruto en su mente, porque con anterioridad había sido sembrada en ella por sus antepasados. De ellos también aprendió que las cosas existían cuando se las nombraba, cuando se las humedecía, cuando se las pintaba. Consideraba que la flor y el canto eran un regalo de los dioses pues era gracias a ellos que la vida existía. Dios respiraba en su palabra, daba vida a través de ella y es por ello, por obra y gracia del señor del cerca y del junto, que era posible pintar en la mente de españoles y mexicas nuevas ideas, nuevos conceptos.

Ser «la lengua» implicaba un gran compromiso espiritual, era poner todo su ser al servicio de los dioses para que su lengua fuera parte del aparato sonoro de la divinidad, para que su voz esparciera por el cosmos el sentido mismo de la existencia, pero Malinalli no se sentía preparada para ello. Muy a menudo, al hablar, se dejaba guiar por sus deseos y entonces la voz que salía de su boca no era otra que la del miedo. Miedo a no ser fiel a sus dioses, miedo a fallar, miedo a no poder con la responsabilidad y —¿por qué no?— miedo al poder. A la toma del poder.

Ella nunca antes había experimentado la sensación que generaba estar al mando. Pronto aprendió que aquel que maneja la información, los significados, adquiere poder, y descubrió que al traducir, ella dominaba la situación y no sólo eso, sino que la palabra podía ser un arma. La mejor de las armas.

La palabra viajaba con la velocidad de un rayo. Atravesaba valles, montañas, mares, llevando la información deseada tanto a monarcas como a vasallos; creando miedo o esperanza, estableciendo alianzas, eliminando enemigos, cambiando el rumbo de los acontecimientos. La palabra era un guerrero, un guerrero sagrado, un caballero águila o un simple mercenario. En caso de tener un carácter divino, la palabra convertía el espacio vacío de la boca en el centro de la Creación y repetía en ella el mismo acto con el que el universo se había originado al unir el principio femenino y el masculino en uno solo.

Malinalli pensaba que para que la vida surja, para que estos dos principios se mantengan unidos, debe instalarse dentro de un espacio circular que los resguarde, que los arrope, ya que las formas redondas eran las que mejor protegían lo creado, debido a que lo encierran; las puntiagudas, por el contrario, abren, separan. La boca, como principio femenino, como espacio vacío, como cavidad, era el mejor lugar para que las palabras se generaran y la lengua, principio masculino, puntiaguda, afilada, fálica, era la indicada para introducir la palabra creada, ese universo de información, en otras mentes, para que ahí fecundara.

¿Qué iba a fecundar? Ésa era la gran incógnita. Malinalli estaba convencida de que sólo había dos posibilidades: unión o separación, creación o destrucción, amor u odio, y que el resultado estaba determinado por «la lengua», o sea, por ella misma. Ella tenía el poder de lograr que sus palabras incluyeran a los otros dentro de un mismo propósito, que los arroparan, que los cobijaran o los excluyeran, los convirtieran en oponentes, en seres separados por ideas irreconciliables, en seres solitarios, aislados, desamparados, tal como ella, quien, en su calidad de esclava, por años había sentido lo que significaba vivir sin voz, sin ser tomada en cuenta e impedida para cualquier toma de decisiones.

Pero ese tiempo pasado parecía estar muy lejos. Ella, la esclava que en silencio recibía órdenes, ella, que no podía ni mirar directo a los ojos de los hombres, ahora tenía voz, y los hombres, mirándola a los ojos, esperaban atentos lo que su boca pronunciara. Ella, a quien varias veces habían regalado, ella, de la que tantas veces se habían deshecho, ahora era necesitada, valorada, igual o más que una cuenta de cacao.

Desgraciadamente, esa posición de privilegio era muy inestable. En un segundo podía cambiar. Incluso su vida corría peligro. Sólo el triunfo de los españoles le garantizaba su libertad, por lo que no había tenido empacho en afirmar varias veces con palabras veladas que en verdad los españoles eran enviados del señor Quetzalcóatl y no sólo eso, sino que Cortés mismo era la encarnación del venerado dios.

Ahora ella podía decidir qué se decía y qué se callaba. Qué se afirmaba y qué se negaba. Qué se daba a conocer y qué se mantenía en secreto, y en ese momento ése era su principal problema. No sólo se trataba de decir o no decir o de sustituir un nombre por otro, sino que al hacerlo se corría el riesgo de cambiar el significado de las cosas. Al traducir, Malinalli podía cambiar los significados e imponer su propia visión de los hechos y, al hacerlo, entraba en franca competencia con los dioses, lo cual la aterrorizaba. Como consecuencia de su atrevimiento, los dioses podían molestarse con ella y castigarla, y eso definitivamente le daba miedo. Podía evitar este sentimiento traduciendo lo más apegada posible al significado de las palabras, pero si los mexicas en determinado momento llegaban a dudar —tal como ella— que los españoles eran enviados de Quetzalcóatl, ella sería aniquilada junto con éstos en un abrir y cerrar de ojos.

Así que se encontraba en una situación de lo más delicada: o trataba de servir a los dioses y ser fiel al significado que ellos le habían dado al mundo o seguía sus propios instintos, los más terrenales y primarios, y se aseguraba de que cada palabra y cada acto adquiriera el significado que a ella le convenía.

Lo segundo obviamente era un golpe de estado a los dioses y el temor a su reacción la llenaba de miedos y culpas, pero no veía otra alternativa por ningún lado.

Los miedos y las culpas de Malinalli eran iguales o más poderosos que los de Moctezuma, quien, lleno de temor, llorando y temblando, esperaba el castigo de los dioses porque los mexicas, tiempo atrás, habían destruido Tula y en ese sitio sagrado, dedicado a Quetzalcóatl, habían practicado sacrificios humanos. Antes, en la Tula tolteca, no había necesidad de ellos. Bastaba que Quetzalcóatl encendiera el Fuego Nuevo y acompañara al sol en su trayecto por la bóveda celeste para mantener un equilibrio en el cosmos. Antes de los mexicas, el sol no se alimentaba de sangre humana, no la pedía, no la exigía.

La enorme culpa que Moctezuma cargaba sobre sus espaldas lo hacía no sólo creer que había llegado la hora de pagar sus deudas sino que la llegada de los españoles marcaba el fin de su imperio. Malinalli podía impedir que esto sucediera, podía proclamar que los españoles no eran enviados de Quetzalcóatl y en un segundo serían destruidos..., pero ella sería asesinada junto a ellos, y no quería morir como esclava. Tenía muchos deseos de vivir en libertad, de dejar de pasar de mano en mano, de llevar una vida errante.

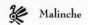

No había vuelta atrás, no había manera de salir ilesa. Conocía perfectamente la crueldad de Moctezuma y sabía que si los españoles resultaban perdedores en su empresa, ella estaba condenada a la muerte. Ante esta alternativa, ¡por supuesto que prefería que los españoles triunfaran! Y si para asegurar su triunfo tenía que mantener viva la idea de que eran dioses venidos del mar, así lo iba a hacer, aunque ya no estuviera tan convencida de tal cosa. La ilusión de algún día poder hacer lo que se le viniera en gana, casarse con quien ella quisiera y tener hijos sin el temor de que fuesen tomados como esclavos o destinados al sacrificio era lo suficientemente atractiva como para no dar un paso atrás. Lo que más deseaba era tener un trozo de tierra que le perteneciera y en donde pudiera sembrar sus granos de maíz, los que siempre cargaba con ella y que habían sido parte de la milpa de la abuela. Si los españoles podían lograr que sus sueños se cristalizaran valía la pena ayudarlos.

Claro que eso no le quitaba la culpa ni le aclaraba lo que debía decir o lo que debía callar. ¿Qué tan válido era defender la vida a base de mentiras? ¿Y quién le aseguraba que eran mentiras? Quizá estaba siendo injusta en sus juicios. Tal vez los españoles sí eran enviados de Quetzalcóatl y era su obligación colaborar con ellos hasta la muerte, compartiendo la información privilegiada que había obtenido de boca de una mujer de Cholula. A dicha mujer le había encantado el carácter desenvuelto de Malinalli, su belleza y su fortaleza física, para que fuera la esposa de su hijo. Con la intención de salvarle la vida, le había confiado que en Cholula se estaba preparando una emboscada en contra de los españoles. El plan era apresarlos, envolviéndolos en hamacas, y luego llevarlos vivos a Tenochtitlan. La mujer le recomendó a Malinalli que saliera de la ciudad antes de que esto sucediera y que posteriormente podría casarse con su hijo.

Malinalli, ahora, tenía la responsabilidad de decidir si compartía esta información con los españoles o no. Cholula era un lugar sagrado. Era el lugar en donde se encontraba uno de los templos de Quetzalcóatl. La defensa o el ataque de Cholula significaban la defensa o el ataque de Quetzalcóatl. Y Malinalli se sentía más confundida que nunca. De lo único que estaba segura era de que necesitaba silencio para aclarar la mente.

¡Imploró silencio a todos sus dioses! Lo que más la atormentaba, aparte del ruido exterior, era el ruido interno, las voces en su cerebro que le decían que callara, que no hablara, que no le confiara a los españoles ninguna información valiosa que pudiera salvarles la vida, que algo andaba mal, que tal vez los extranjeros no eran quienes ella pensaba, que no eran los enviados de Quetzalcóatl. El comportamiento que empezaban a mostrar no se ajustaba para nada al modelo ideal que ella había elaborado en su cabeza. Se sentía desilusionada.

Para empezar, había una total incongruencia entre el significado del nombre de Cortés. Ser cortés era ser delicado, respetuoso, y ella no consideraba que Hernán fuese de esa manera y mucho menos los hombres que lo acompañaban. No podía aceptar que los enviados de los dioses se expresaran de la manera en que lo hacían, que fuesen tan bruscos, tan directos, tan mal hablados, que inclusive vociferaran insultos en contra de su dios cuando se enojaban. Ante la dulzura y la poesía del náhuatl, el español le resultaba un tanto agresivo.

Aunque había algo más desagradable que la falta de delicadeza que los españoles tenían para dar órdenes, y era el olor que despedían. Nunca esperó que los enviados de Quetzalcóatl fuesen a oler tan mal. La limpieza era una práctica común entre los indígenas, y los españoles, por el contrario, no se bañaban, sus ropas estaban apestosas, ni el sol ni el agua podían quitarles la peste. Por más que tallaba y tallaba la ropa en el río, no era capaz de sacarle el mal olor a hierro podrido, a sudor metálico, a armadura oxidada.

Por otro lado, el interés que los españoles y Cortés en particular mostraban por el oro no le parecía correcto. Si en verdad fuesen dioses, se preocuparían por la tierra, por la siembra, por asegurar el alimento de los hombres, y no era así. En ningún momento los había visto interesados en las milpas, sólo en comer. Si Quetzalcóatl había robado la semilla de maíz del Monte de Nuestro Sustento para dársela a los hombres, ¿no les interesaba saber cómo trataban los hombres su gran obsequio? ¿No les daba curiosidad saber si al comerlo recordaban su origen divino? ¿Si lo cuidaban y veneraban como algo sagrado? ¿No les preocupaba que los hombres dejaran de sembrar maíz? ¿Qué? ¿Acaso no sabían que si los hombres dejaban algún día de sembrar maíz, el maíz moriría? ¿Que la mazorca necesita de la intervención de los hombres para que la despojen de las hojas que la cubren y de esta manera la semilla quede en libertad de reproducirse?

¿Que no hay forma de que el maíz viva sin los hombres ni los hombres sin maíz? El que el maíz necesitara de los hombres para reproducirse era la prueba de que el maíz era un regalo de los dioses a los seres humanos, pues sin haber estado ellos presentes en el mundo, no hubieran tenido los dioses a quién regalar el maíz, y los hombres, por su lado, sin maíz no podrían sostener su vida en la tierra. ¿Que no saben que nosotros somos la tierra, de la tierra nacimos, la tierra nos come y que cuando ya sea el término de la tierra, cuando ya sea el fin de la tierra, cuando se haya fatigado la tierra, cuando el maíz ya no nazca, cuando la madre tierra ya no abra su corazón, será también nuestro fin? Entonces, ¿de qué valía tener oro acumulado sin maíz? ¿Cómo era posible que la primera palabra que Cortés se interesó en aprender en náhuatl fuese precisamente la del oro en vez de la del maíz?

El oro, el teocuitlatl, era considerado como el excremento de los dioses, un desecho, sólo eso, así que no entendía el afán de atesorarlo. Ella pensaba que el día en que la semilla de maíz no fuese respetada, valorada como algo sagrado los seres humanos estarían en grave peligro, y si ella —que, era una simple mortal— sabía eso, ¿cómo era posible que los enviados de Quetzalcóatl, que venían en su nombre —aunque se tratara de un nombre distinto—, que se comunicaban con él, no lo supieran? ¿No sería que estos enviados venían más como enviados de Tezcatlipoca que de Quetzalcóatl?

El hermano de Quetzalcóatl alguna vez lo había engañado con un espejo negro, y eso le parecía que hacían los españoles con los indígenas, sólo que ahora con espejos brillantes. Tezcatlipoca, el dios que buscaba usurpar el poder a su hermano, era mago y, haciendo gala de su oficio, le envió a Quetzalcóatl un espejo negro en el que Quetzalcóatl vio la máscara de su santidad falsa, vio su parte oscura. Como respuesta ante tal visión, Quetzalcóatl se puso tan borracho que hasta fornicó con su propia hermana. Avergonzado, al día siguiente abandonó Tula para reencontrarse, para recuperar su luz, prometiendo regresar algún día.

La gran incógnita era si en verdad había regresado o no. Lo más preocupante para Malinalli, independientemente de si los españoles lograban su propósito de derrocar a Moctezuma o no, era que su vida y su libertad estaban en juego. Todo esto se había iniciado meses atrás cuando de manera fortuita Cortés se había dado cuenta de que ella hablaba náhuatl, y como Aguilar, quien en los años que llevaba habitando en estas tierras sólo había aprendido maya, no lo podía ayudar para entenderse con los enviados de Moctezuma, Cortés, entonces, le pidió a Malinalli que lo ayudara a traducir y a cambio le daría su libertad. A partir de ahí los acontecimientos se habían ido sucediendo con una velocidad extraordinaria y ahora Malinalli se encontraba presa de una vorágine que no le permitía escapatoria. En la cabeza de Malinalli aparecían y desaparecían imágenes de momentos que habían marcado su destino a partir del día en que los españoles habían desembarcado.

En primer lugar estaba la del día en que el cacique de Tabasco la reunió junto con otras diecinueve mujeres para informarles de que serían regaladas a los recién llegados a manera de impuesto de guerra, ya que los extranjeros se habían enfrentado y vencido a los habitantes de Cintla.

Recordó con detalle la conversación que habían sostenido entre todas ellas durante el trayecto al campamento español. Casi en secreto mencionaron la posibilidad de que hubiera una conexión entre los hombres venidos del mar y Quetzalcóatl. El año en curso era un año Uno Caña y, de acuerdo con el calendario mexica, era el año de Quetzalcóatl, quien había nacido en el año Uno Caña y muerto después de un ciclo de 52 años, también en Uno Caña. Se decía que la coincidencia de que los recién llegados hubiesen arribado en un año Uno Caña era muy difícil de ignorar. Una de ellas comentó que había escuchado que el año Uno Caña era pésimo para los reyes. Si algo malo sucedía en un año Uno Lagarto, el mal atacaba a los hombres, mujeres y ancianos. Si sucedía en el año Uno Jaguar, Uno Venado o Uno Flor, atacaba a los niños, pero si sucedía en el año Uno Caña, atacaba a los reyes. Lo cual era evidente pues los extranjeros se habían enfrentado con los habitantes de Cintla y habían salido vencedores, y algo similar sucedería si se enfrentaban a Moctezuma. Esto era un indicio de que venían a conquistar y reinstaurar el reino de Quetzalcóatl. Y así lo aceptó el corazón de Malinalli quien, en esa época, al escuchar estas palabras se alegró, se llenó de esperanza, de ilusión, de deseos de cambio. Saber que el reino que permitía los sacrificios humanos y la esclavitud estaba en peligro de desaparecer le proporcionaba tranquilidad.

Lejos de allí, en el palacio de Moctezuma se había dado la misma conversación entre Moctezuma, su hermano Cuitláhuac y su primo Cuauhtémoc.

Cuitláhuac y Cuauhtémoc pensaban que Cortés y sus hombres más que dioses venidos del mar eran una simple banda de saqueadores. Sin embargo, Moctezuma decidió que, se tratara o no de dioses, debía dárseles un trato preferencial puesto que se consideraba que también los saqueadores estaban protegidos por Quetzalcóatl, así que envió a Teotlamacazqui, su emisario principal, con el siguiente mensaje:

«Ve sin tardanza, haz reverencia a nuestro señor, dile que su teniente Moctezuma te ha enviado y esto es lo que le mando para honrar su llegada».

Tal vez Moctezuma no se dio cuenta del gran desconcierto que esa actitud provocó en la población, pues cuando escucharon que el propio emperador recibía con respeto a los extranjeros y, no sólo eso, sino que se ponía a sus órdenes, todos quedaban obligados a comportarse de la misma manera.

El trato preferencial hacia los españoles indicaba a todas luces que los españoles estaban por encima del emperador Moctezuma.

Pero a la luz de los últimos acontecimientos, Malinalli ya no estaba tan segura. Desde el momento en que se había dado el primer contacto con los emisarios de Moctezuma, Cortés mostró su interés desmedido por el oro. No lo deslumbró la maestría del arte plumario, ni la belleza de los textiles y las joyas con las que lo obsequiaron, sino el oro. Cortés había prohibido a cualquier miembro de la expedición que hiciera intercambios de oro en privado y se ponía una mesa afuera del campamento para que los indígenas hicieran sus intercambios oficialmente. Así que todos los días tanto totonacas como mexicas venían a ofrecerle a Cortés objetos de oro que él intercambiaba a través de sus sirvientes por cuentas de vidrio, espejos, alfileres y tijeras.

Malinalli misma fue obsequiada con un collar con cuentas de vidrio y un espejo. A ella le gustaba mucho el reflejo que ambas producían. Ella entendía bien los espejos.

Mientras lavaba la ropa en el río, se observaba en el agua. Su imagen reflejada le hablaba de miedo, no le gustaba verla, le molestaba, la enfermaba. Recordó que de niña, una vez que estaba enferma, la habían puesto a observar su imagen reflejada en un recipiente con agua y había sanado. Pidió al río que le hablara, que la sanara, que le indicara si estaba actuando bien, si no se estaba equivocando. Ella sabía que el agua hablaba en todos los recipientes. Su abuela le había mencionado en una ocasión que en el Anáhuac había un enorme lago visionario, en donde se reflejaban imágenes de lo que iba a pasar, y en ese lugar los sacerdotes mexicas habían visto un águila devorando una serpiente. En cambio, el río en el que lavaba la ropa no le hablaba, no le decía nada, no veía nada en él, aparte de la mugre de los españoles venidos del mar.

El mar era un espacio de reflejos. Los lagos y los ríos también. En ellos estaban contenidos el sol y el dios del agua. Malinalli sabía que atrás de cada reflejo se encontraba ella misma como lo estaba el sol reflejado en la luna. Como lo estaba en el agua, en las piedras, en los ojos de los otros. Cuando se usan objetos o piedras brillantes, uno se refleja en el cosmos como en un juego de espejos. El sol no se da cuenta de que brilla porque no puede verse a sí mismo. Tiene que verse reflejado para comprender su grandeza. Por eso necesitamos espejos, para reconocernos. Por eso Tula, la ciudad de Quetzalcóatl, fue construida para ser el espejo del cielo y por eso Malinalli gustaba de usar objetos brillantes para ser un espejo donde Quetzalcóatl se reflejara ampliamente. Los collares eran sus más bellos espejos.

Malinalli sacó de su morral el collar que Cortés le había regalado y se lo puso en el cuello, con la intención de ser vista por el dios. De encontrarse con él en el reflejo. Se miró nuevamente en el río y, en esta ocasión, lo que el agua le mostró fue una serie de pequeños reflejos, uno al lado del otro, que formaban una línea ondulada. De inmediato recordó la serpiente de plata que formaban los soldados españoles al caminar uno atrás del otro, reflejando al sol en sus armaduras, y la relacionó con las columnas de soldados de Tula que caminaban uno atras otro viendo su reflejo en el espejo que el que iba delante cargaba sobre su espalda.

Sin que Malinalli lo supiera, Hernán Cortés se encontraba a sólo unos pasos de ella. Aprovechando que el cielo estaba despejado, Cortés había decidido relajarse un momento al lado del río. Hacía un rato que había dejado de dibujar en su libreta de anotaciones una rueda de la fortuna. Cada vez que quería calmar su mente y despejarla se ponía a dibujar ruedas de la fortuna. Al hacerlo, entraba en estados de relajación profunda, la idea de que había un tiempo circular que determinaba que a veces uno podía estar en la cumbre y al otro momento en el piso le gustaba, pero ese día una idea vino a su mente y lo forzó a dejar a un lado la pluma y el papel. Al estar dibujando la rueda al tocar el piso, sintió que ese momento era el verdaderamente importante en el proceso eterno del giro: el momento en que la rueda toca el piso, ese instante de unión con la tierra es el verdadero, todo lo demás está en el aire, flotando, no existe, ni el pasado ni el futuro; esta comprensión lo hizo levantar la vista y ver a su alrededor con nuevos ojos.

De inmediato, comenzó a experimentar un sentimiento placentero. Estas nuevas tierras que hasta ahora le habían parecido extrañas, peligrosas e inhóspitas, donde el calor, los moscos, la humedad y las plantas venenosas habían atemorizado su corazón, de pronto cambiaron su apariencia y todo a su alrededor le pareció acogedor. Sintió que esta tierra era suya, que le pertenecía y que nunca había llegado sino que siempre había estado ahí.

Con gran paz en su corazón —cosa extraña en él—, decidió darse un chapuzón en el agua. Cuando llegó a la orilla del río, descubrió a Malinalli haciendo lo mismo. Se había despojado de su hermoso huipil para bañarse.

Cortés observó su cuerpo desnudo. Miró su espalda, sus caderas, sus muslos, su cabello y se excitó como nunca antes.

Al sentir su presencia, Malinalli giró y entonces Cortés pudo observar su pecho de adolescente, firme, enorme, con los pezones turgentes apuntando directo a su corazón. Sintió una gran erección y una enorme urgencia de poseerla, pero no debía, así que metió su cuerpo hasta la cintura en el agua fría para ver si se le bajaba un poco la erección. Mientras se acercaba a ella trató de iniciar una conversación que distrajera sus pensamientos.

—¿Qué haces?

—Me impregno del dios Tláloc, el dios del agua.

Cortés y Malinalli, dentro del agua, uno frente al otro, se miraron a los ojos y descubrieron su destino y su unión inevitable. Cortés comprendió que Malinalli era su verdadera conquista, que ahí, en medio del abismo de los ojos negros de esa mujer, se encontraban las joyas que tanto buscaba. Malinalli, por su lado, sintió que en los labios de Cortés y en su saliva había un trozo líquido de dios, un pedazo de eternidad y que a ella le urgía saborearlo y conservarlo entre sus labios. Las nubes en el cielo se comenzaron a mover con una velocidad extraordinaria. El ambiente se cargó de humedad y lubricó tanto las plumas de las aves, las hojas de los árboles como la vagina de Malinalli. Las grises nubes, al igual que el pene de Cortés, hacían un gran esfuerzo por contener el agua, por retenerla, por no dejarla caer, por no soltar su preciado líquido. Cortés aún tuvo tiempo de preguntar antes de lanzarse sobre ella:

—¿Cómo es ese dios?

Y Malinalli aún tuvo tiempo de responder antes de ser poseída:

—Eterno, igual que el tuyo, sólo que su eternidad no es invisible como para ti. Nuestro dios se evapora, hace dibujos en el cielo, se mueve caprichosamente en las nubes, grita su presencia, derrama su conciencia y aplaca nuestra sed y nuestro miedo...

Cortés, con los ojos incendiados por el deseo y poniendo su mano sobre el pecho de Malinalli, la interrumpió:

—¿Tienes miedo?

Malinalli negó con la cabeza. Cortés, entonces, la acarició lentamente, con la mano húmeda. Tomo el pezón de la mujer-niña con la punta de sus dedos. Malinalli comenzó a temblar. Cortés le ordenó que continuara hablando de su dios. Pensaba satisfacer un poco su deseo pero nada más, no quería romper la promesa de todos los que participaban en la empresa de que iban a respetar a las mujeres indígenas. Malinalli continuó su discurso como pudo, pues Cortés ya se había metido su pezón en la boca y se lo lamía con lujuria.

—Nuestro dios da la vida eternamente... Por eso es nuestro dios el agua...

La mente ambiciosa de Cortés no pudo más y quiso poseer a Malinalli y a su dios al mismo tiempo. En su mente explotó el placer, y el fuego de su corazón quiso evaporar para siempre a ese dios llamado Tláloc, a ese dios agua. Cargó a Malinalli, la sacó del agua y ahí, a la orilla del río, la penetró con fuerza. En ese instante el cielo también explotó y dejó caer la lluvia sobre ellos.

Cortés no se enteró de los relámpagos, de lo único que sabía era de la tibieza que había en el centro del cuerpo de Malinalli, de la manera en que su miembro empujaba y abría la apretada pared de la vagina de la niña. No le importaba que su pasión y fuerza lastimaran a Malinalli. No le importaba si caían rayos cerca de ellos. No le importaba nada, más que entrar y salir de ese cuerpo.

Malinalli permaneció muda y sus ojos negros, más hermosos que nunca, fueron acuosos, tuvieron lágrimas contenidas. En cada arremetida, Malinalli sentía cómo el torso desnudo y velludo de Cortés rozaba sus pechos y le producía placer. Ahí tenía la respuesta a su inquietud sobre lo que se sentiría al tocar una piel con pelo. Malinalli, a pesar de haber recibido esa violencia en su cuerpo, en su delirio recordó lo que su abuela, con una dulce voz, como si los pájaros, todos, hubieran depositado su espíritu en su garganta, le había dicho un día antes de morir:

—Hay lágrimas que son sanación y bendición del señor del cerca y del junto. Son agua que también es lenguaje de voz líquida que canta a la fragmentación de la luz, es la esencia de nuestro dios que une los extremos y reconcilia lo irreconciliable.

Durante unos minutos —que parecieron eternos—, Cortés la penetró una y otra vez, salvajemente, como si toda la fuerza de la naturaleza estuviese contenida en su ser. Mientras, llovió tan fuerte que esa pasión y ese orgasmo quedaron sepultados en agua, lo mismo que las lágrimas de Malinalli, quien por un momento había dejado de ser «la lengua» para convertirse en una simple mujer, callada, sin voz, una simple mujer que no cargaba sobre sus hombros la enorme responsabilidad de construir con su saliva la conquista. Una mujer que, lejos de lo que podía esperarse, sintió alivio de recuperar su condición de sometimiento, pues le resultaba mucho más familiar la sensación de ser un objeto al servicio de los hombres que ser la creadora de su destino.

Parecía que nadie más que Dios fue testigo del arrebato de esa ira lujuriosa, de esa venganza pasional, de ese odio amoroso, pero no fue así. Jaramillo, un capitán que luchaba al lado de Cortés, los había mirado, y en su conciencia quedó grabada la figura de Malinalli y se sintió atraído —como nunca— por esa mujer que Cortés, su jefe, había poseído.

Cinco

Malinalli y Cortés penetraron desnudos al temascal. Era sorprendente mirar a Cortés despojado de sus vestiduras y sus apariencias. Se le veía disminuido y vulnerable. La condición indispensable para realizar ese rito de purificación y renacimiento era la desnudez, pues para que la limpieza de la sangre suceda es necesario que todos los poros del cuerpo se expandan, se abran y, al hacerlo, permitan que el vapor, esa otra imagen del agua, ese espíritu del agua purifique al cuerpo en cuatro tiempos, que significan los cuatro puntos cardinales, las cuatro estaciones, los cuatro elementos.

Era la primera experiencia que Cortés tenía con esta práctica sagrada y aceptó participar en ella a petición de Malinalli, quien estaba tan convencida de que los dioses nos devuelven la conciencia al materializar su sustancia en el agua, que le había pedido a Cortés que antes de tomar ninguna acción en contra de los habitantes de Cholula, se relajara dentro del temascal.

Cortés se resistió en un principio, la petición le parecía sospechosa. ¿Qué propuesta era ésa de entrar en un pequeño recinto circular que tenía una sola puerta de salida —la misma que de entrada— y al que tenía que introducirse desnudo y desarmado? El ambiente que se respiraba en Cholula no era como para prodigar confianza ciega a nadie. Hasta el momento, ninguno de los dos regidores de la ciudad lo habían querido recibir. Cholula contaba con un regidor temporal, Tlaquiach —señor del aquí y el ahora— y uno espiritual, Tlachiac —señor del mundo bajo la tierra—; ambos vivían en casas anexas al templo de Quetzalcóatl. La gente de Cholula hablaba náhuatl, la lengua del imperio, y eran súbditos de los mexicas, a quienes pagaban tributo, pero Cholula era un señorío independiente y, al igual que Tlaxcala, tenía un gobierno regido por varios señores. Eran gente orgullosa y no concebían ninguna circunstancia de la cual su dios Quetzalcóatl no pudiera protegerlos, por lo que se mostraban todo menos temerosos ante los extranjeros. Confiaban plenamente en su dios tutelar.

Cortés y sus hombres habían llegado a Cholula de camino a Tenochtitlan, acompañados de sus aliados, los totonacas de Cempoala y los tlaxcaltecas. Los españoles entraron en Cholula después de caminar la distancia de unos cuarenta kilómetros que separaba Tlaxcala de Cholula. Fueron recibidos y alimentados, pero no así los totonacas y tlaxcaltecas, quienes permanecieron en las afueras de la ciudad. Sólo algunos cientos entraron junto con los españoles, transportando la artillería y el equipo en general. La razón era que los habitantes de Cholula tenían viejas rencillas con los de Tlaxcala y de ninguna manera aceptaron que entraran a la ciudad, y mucho menos armados.

Cortés quedó impactado ante la belleza y grandeza de Cholula. Cholula era una ciudad próspera y densamente poblada. Sus templos indicaban que Cholula era sin duda uno de los más importantes centros religiosos del Nuevo Mundo. El templo principal estaba dedicado al culto de Quetzalcóatl y la ciudad tenía la pirámide más alta de México, con ciento veinte gradas.

Aparte de este templo, Cortés contó cuatrocientas treinta y tantas torres —pirámides—, que él llamaba mezquitas. Cholula tendría casi doscientos mil habitantes y unas cincuenta mil casas. Era la ciudad más importante que habían visto los españoles en su largo trayecto desde la costa. Uno de sus atractivos era un mercado inmenso cuyas especialidades eran los trabajos de arte plumario, las vajillas de barro y las piedras preciosas.

Sin embargo, a los tres días de la llegada de los españoles, los habitantes de Cholula, aparentando una baja de provisiones, dejaron de suministrarles comida a los españoles y sólo les dieron agua y leña. Cortés tuvo entonces que pedirle a los tlaxcaltecas que les consiguieran comida.

En la ciudad se respiraba una atmósfera de suspicacia y nerviosismo. Cortés se enteró por los tlaxcaltecas de que afuera de la ciudad se estaban juntado tropas mexicas. Sus informantes le advirtieron de que lo más probable era que estuviesen preparando —junto con los cholultecas— una emboscada en su contra.

Ante tal clima de intriga, Cortés tenía que tomar una decisión. Ya había enfrentado y vencido a totonacas y tlaxcaltecas, ya contaba con su apoyo, tenía que seguir adelante con sus planes de conquista. Tenía que llegar a Tenochtitlan. No iba a permitir que lo detuvieran. Tenía que tomar una decisión determinante.

Él, Cortés, no era un simple soldado, era el emisario y representante del rey de España y la emboscada que se preparaba en su contra, por extensión, también estaba dirigida contra el rey de España. Por lo que tenía que actuar en nombre de la Corona, defenderla con firmeza y castigar con la muerte la traición que se estaba fraguando en contra del rey de España.

Ante estos hechos, era lógico que Cortés no tuviera deseos de tomar un baño dentro del temascal; estaba más preocupado por atacar antes de ser atacado que por participar en cualquier clase de rito pagano.

Sin embargo, Cortés —quien no daba ni tres pasos sin una escolta que lo protegiera— inesperadamente aceptó entrar al temascal a pesar de que al hacerlo quedaba literalmente preso. La razón fue que Malinalli le explicó en pocas palabras que, años atrás, los toltecas habían desplazado a los olmecas, los antiguos habitantes de Cholula, y en ese lugar habían instaurado el culto a Quetzalcóatl, deidad a quien se le relacionaba con Venus, la Estrella de la Mañana, la que acompaña al sol en su trayecto. Quetzalcóatl fue un hombre que se convirtió en dios. Un dios que no necesitaba de sacrificios humanos, que no los pedía, que sólo necesitaba encender con su bastón al viejo sol para que de él surgiera el nuevo sol sin sacrificios humanos de por medio, sacrificios que los aztecas realizaron cuando se instalaron en Tula, traicionando los principios de Quetzalcóatl. Los aztecas por eso temían su regreso; se sentían culpables y esperaban el castigo.

—Si entras al temascal, si te desnudas de todos tus atavíos, de todos tus metales, de todos tus miedos y te sientas sobre la Madre Tierra, junto al fuego, junto al agua, podrás renovarte, renacer, elevarte, navegar por el viento como lo hizo Quetzalcóatl, dejar a un lado tu piel, tu vestimenta humana y convertirte en dios, y sólo un dios como ése puede vencer a los mexicas.

Cortés ya no lo dudó más. Se había dado cuenta de la enorme espiritualidad del pueblo indígena y su instinto guerrero le dijo que era lo correcto. Que si lograba mostrarse ante ellos como su dios Quetzalcóatl no habría poder humano que lo derrotara. De cualquier manera puso a dos de sus capitanes vigilando la entrada del temascal y ordenó rodear de soldados todo el perímetro que lo abarcaba.

En el interior del temascal, la atmósfera era extraordinaria. A pesar de la penumbra, podían adivinarse con precisión los rostros de Cortés y Malinalli, dibujados por la tenue luz que penetraba por el único orificio que tenía ese vientre de piedra, ese pequeño espacio totalmente invadido de un cálido vapor.

Los buenos propósitos de Malinalli de poner a Cortés en contacto con la naturaleza responsable de entretejer la inteligencia de lo invisible, aquella que intercambia a la semilla con el árbol, al fruto con el paladar, a la cáscara con el lodo, a la piedra con el fuego, al esperma con el pensamiento, al pensamiento con las estrellas, a las estrellas con los poros de la piel y a los poros de la piel con la saliva que pronuncia palabras que expanden al universo, estuvo a punto de fracasar debido a que la oscuridad y la desnudez despertaron en ellos una excitación inesperada y nunca antes conocida.

A Malinalli, la cercanía de un hombre que no pertenecía ni a su mundo ni a su raza, pero que ya era parte de su pasado, la inquietó. Su memoria se agudizó y los recuerdos penetraron su pensamiento como alfileres recordándole el dolor que sintió el día anterior al ser poseída con fuerza por Cortés; su cuerpo aún le dolía, sin embargo, sentía una comezón, un ardor, una necesidad de nuevamente ser abrazada, tocada, besada.

Por su lado, Cortés recordó en sus labios la agradable sensación que sintió al lamer y succionar los pezones de esa mujer, y le dio un antojo irrefrenable de beber el sudor que en ese momento escurría por sus pezones, pero ninguno de los dos hizo ni lo uno ni lo otro. Se quedaron inmóviles y en silencio total.

El ambiente se cargó de electricidad. No se atrevían a mirarse a los ojos. Cortés había elegido sentarse frente al orificio de entrada del temascal, con las espaldas cubiertas por el adobe. De esta manera controlaba por completo la posible entrada de un enemigo al íntimo recinto. Malinalli, sentada frente a él, a su manera también buscó protección. Envolvió con los brazos sus piernas y, de esta manera, cerró la entrada a su cuerpo, a su parte más sensible, a la mirada y el alcance de Cortés.

A Cortés, el estar dentro de ese pequeño espacio lo ubicaba en otro tiempo, lo hacía olvidar su insaciable sed de conquista, su irrefrenable deseo de poder. En ese instante lo único que deseaba era hundirse en el centro de las frondosas piernas de Malinalli para ahogarse en el océano de su vientre, para acallar su mente por un momento. Ese inmenso deseo, esa enorme necesidad de fundirse en Malinalli lo atemorizaba, pues sintió entonces que era capaz de perder el control y entregarse por primera vez a alguien. Le dio temor perderse en ella y olvidar el propósito de su vida. Así que en vez de poseerla rompió el molesto silencio:

—¿Por qué hay tantas esculturas de serpientes? ¿Todas ellas representan a tu dios Quetzalcóatl?

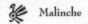

Cortés había visto muchas serpientes de piedra en Cholula, que aterrorizaban y fascinaban la atención de su mirada.

—Sí —respondió Malinalli.

No quería hablar. Deseaba estar en silencio y quería que Cortés hiciera lo propio. Le gustaba verlo callado. Con la boca cerrada. Cuando no se expresaba verbalmente, Malinalli podía imaginar que la flor y el canto invadían sus pensamientos; en cambio, cuando hablaba, lo que él decía contradecía en todo lo que ella pensaba, lo que ella anhelaba, lo que ella soñaba. Definitivamente, callado se veía más atractivo.

Pero Cortés se sentía incómodo con el silencio, no sabía qué hacer en ese ambiente de calma, lo único que se le ocurría era lanzarse sobre Malinalli y poseerla, aunque el calor era tan intenso que no daban ganas de moverse. Así que insistió:

—Y ese Quetzalcóatl, como le dices, ¿qué clase de dios es? Porque has de saber que nosotros fuimos expulsados del Paraíso a causa de una serpiente.

—No sé de qué clase de serpiente hablas. La nuestra es la representación de Quetzal: ave, vuelo, pluma y Coatl: serpiente. Serpiente emplumada significa Quetzalcóatl. La unión de agua de lluvia con agua terrestre también es Quetzalcóatl. La serpiente representa los ríos, el ave, las nubes. Pájaro serpiente, ave reptante es Quetzalcóatl. El cielo abajo, la tierra arriba también lo es.

De pronto, sin saber por qué, ni cuándo, ni a qué hora la oscuridad del temascal, del vientre de piedra, se había vuelto luminosa, como si la palabra Quetzalcóatl hubiera hecho la luz.

A Cortés, que no entendía nada de las creencias religiosas de los habitantes de esas tierras, por primera vez al escuchar la explicación de la representación del dios le pareció que correspondía a una elegante y majestuosa imagen y su mente pudo concebir una certeza irreconciliable: unir lo que vuela con lo que repta.

Malinalli y Cortés se miraron a los ojos. De nuevo reinaba el silencio. La mirada de uno penetró en el otro e, inmersos en ese íntimo espacio, ambos experimentaron un recuerdo de algo ya vivido en otra parte del tiempo. El escalofrío que Cortés sintió en el centro de la pupila lo obligó a apartar sus ojos de los infinitos ojos negros de Malinalli que, a la vez, reflejaban tristeza, amor y un cierto anhelo de venganza.

Cortés demandó:

—¿Y qué de bueno es lo que ha hecho esa serpiente emplumada para ser un dios tan importante? Porque, de la manera tan fea en que lo pintan, más parece un demonio que un dios.

Malinalli, sabedora que la única manera que había de hacer que Cortés guardase silencio era no dándole oportunidad de hablar, lo interrumpió y, llena de pasión, le respondió:

—Al principio —dijo— los hombres estábamos dispersos en el universo, éramos polvo que flotaba donde el viento es nada, donde el agua es nada, donde el fuego es nada, donde nada es tierra, donde el hombre disperso es nada, donde nada es nada. Quetzalcóatl nos reunió, nos formó, él nos hizo. De las estrellas creó nuestros ojos, del silencio de su ser sacó nuestro entendimiento y lo sopló en nuestro oído; del sol arrancó una idea y creó el alimento para nuestro sustento, al cual nosotros llamamos maíz, y es espejo del sol y tiene el color que da vida a la sangre y a nuestras mejillas. Quetzalcóatl es dios y nuestras mentes están unidas en él.

Malinalli pasó un recipiente con agua y pétalos de diversas flores y hierbas para que Cortés refrescara su carne y aliviara el calor de su cuerpo y continuó:

—Quetzalcóatl también fue hombre sabio, sacerdote, gobernante supremo de Tollan.

Malinalli hizo una pausa para verter agua sobre las piedras ardientes. Esta acción produjo un vapor aún más caliente y penetrante y un sonido que deleitaba a los oídos. Pero Cortés quería saber más sobre Quetzalcóatl. Pensaba utilizar toda la información que obtuviera de esa conversación para sus fines personales y de conquista, así que, con gran curiosidad, preguntó:

—¿Y cómo fue su gobierno?

—Durante el mandato de Quetzalcóatl, Tollan siempre estuvo henchida de grandeza: jades, corales y turquesas adornaban el mundo; metales amarillos y blancos, metales preciosos; caracoles hermanos del oído, espirales del ruido, recipientes del canto; plumas de quetzal, plumas rojas y amarillas coloreaban esa grandeza. Existía toda suerte de cacao, toda suerte de algodón de todos colores, muy grande artista era Quetzalcóatl en todas sus creaciones y provocador de la abundancia. Quetzalcóatl, el tolteca, es el que se busca a sí mismo.

—¿Y qué sucedió con ese hombre? —preguntó Cortés.

—En cierto momento de su vida abandonó la búsqueda de sí mismo en todo lo que existe y sucumbió a las tentaciones, o, como tú dirías, pecó y luego huyó.

—¿Robó? ¿Mató? —preguntó Cortés, cada vez más interesado.

—No, fue engañado por un hechicero que cambió su destino. Fue Tezcatlipoca, un hechicero hermano suyo y sombra de su luz, quien le puso ante sus ojos un espejo negro, engañoso y, cuando Quetzalcóatl se vio en él, vio su rostro deformado, con grandes ojeras y los ojos sumidos, vio la máscara de su identidad falsa, vio su parte oscura, se espantó de su imagen y tuvo miedo de su rostro. Inmediatamente después fue invitado a beber pulque, bebida que lo embriagó y lo desquició. Estando borracho, pidió que le trajeran a su hermana Quetzalpetatl y junto a ella bebió aún más. Completamente embriagados, los hermanos fueron dominados por el deseo y fue entonces que yacieron juntos, se desquiciaron en caricias, hicieron que sus cuerpos chocaran enloquecidamente, tocándose y besándose hasta quedar dormidos. Al amanecer, cuando Quetzalcóatl recuperó la conciencia, lloró y emprendió la marcha hacia el oriente —por ahí, por donde ustedes llegaron— y se embarcó en una balsa hecha de serpientes. Se fue a la tierra negra y roja del Tollan, para reencontrarse y luego incinerarse.

Coincidentemente, en ese momento, el sudor de Cortés resbaló exactamente en donde había sido mordido por el escorpión, y recordó la alucinación de la serpiente. Sintió sed y preguntó si podía tomar agua. Malinalli le dijo que se la darían al salir.

—¿Y falta mucho para que salgamos?

—No.

—Bueno, entonces termina tu relato —pidió a Malinalli.

El cuerpo de ambos casi sudor y pureza era, cuando Malinalli pronunció estas palabras:

—Cuando Quetzalcóatl se prendió fuego, de su corazón salió una chispa azul. Su corazón, todo su ser, se desprendió del fuego, voló a lo alto del cielo y se convirtió en la Estrella de la Mañana.

Con estas palabras, Malinalli dio por terminado el ritual del temascal e invitó a Cortés a salir de ese vientre.

Malinalli se sentía aliviada, sabía muy bien que el agua todo lo limpia, todo lo ablanda. Si era capaz de pulir las piedras de un río, ¿qué no iba a poder hacer en el interior del cuerpo humano? El agua perfectamente podía purificar y abrillantar hasta el más duro corazón. A pesar de que Malinalli no había podido orar al dios del agua como se acostumbraba dentro del temascal, ya que Cortés no había dejado de interrumpirla, sentía que de alguna manera el ritual había tenido efecto, vio salir a Cortés purificado, renacido, cambiado. Cual serpiente, había mudado de piel, había dejado el cascarón viejo dentro del temascal. Sentía que haber participado juntos en esa ceremonia los unía más, los hacía cómplices. Bebieron té con miel, té de flores en esa noche de transformaciones, en esa noche de revelaciones. Ya no pudieron hablar. El peso de la luna llena hacía más inmenso el silencio sostenido en la mirada de ambos, quienes, ahora inmersos de nueva cuenta en el mundo externo, en los planes de batalla, en el mundo de las intrigas, de otra forma dialogaban, de diferente manera se comunicaban sus pensamientos.

****

La migración es un acto de supervivencia.

Malinalli deseaba haber contado con la ligereza de las mariposas y haber migrado a tiempo. Haber volado por los altos cielos, mucho más allá de las nubes, sobre ellas, desde donde no se oyeran los llantos y los lamentos, desde donde no se distinguieran los cuerpos mutilados, los ríos de sangre, el olor a muerte. Escapar antes de que sus ojos se cegaran, antes de que su corazón se congelara y su espíritu se desconectara de sus dioses.

Cortés había decidido adelantarse y matar a los habitantes de Cholula, en lo que él consideraba un acto de defensa propia. Quería prevenir, antes de ser tomado desprevenido. Quería dar una lección ejemplar a los indígenas que estuvieran albergando pensamientos de ataque en su contra y, a su vez, deseaba enviar un claro mensaje a Moctezuma.

Reunió a los señores de Cholula en el patio del templo de Quetzalcóatl, con el pretexto de despedirse de ellos y agradecerles sus atenciones. Malinalli y Aguilar le sirvieron de intérpretes ante los tres mil hombres que ahí se habían reunido. Una vez dentro, las puertas fueron cerradas. Cortés, a lomo de caballo, habló fuerte, su voz sonó como trueno, como el ruido de la tierra cuando tiembla. Su imagen, magnificada por la altura del caballo, era imponente.

Durante la Edad Media, sólo los nobles podían montar a caballo; por lo mismo, Cortés, de origen plebeyo, gustaba de dar órdenes a caballo, ya que eso lo convertía en un ser superior, física y socialmente hablando. Cortés les reclamó a los cholultecas que quisieran matarlo, cuando él había llegado a Cholula en son de paz y lo único que había hecho desde su arribo era advertirles de lo erróneo de adorar ídolos, de cometer actos de sodomía y de realizar sacrificios humanos. Malinalli, al traducirlo, trató de ser fiel a sus palabras y, para ser oída por todos, elevó lo más que pudo el tono de su voz. Habló en nombre de Malinche, apodo que le habían adjudicado a Hernán Cortés, por estar siempre a su lado. Malinche de algún modo significaba «el amo de Malinalli».

—Malinche está muy molesto. Dice que si ¿acaso van a venir a nuestra espalda, como viene lo arenoso, lo tempestuoso, lo tramposo? ¿Acaso sobre nosotros pondrán sus escudos, sobre nosotros colocarán sus macanas, cuando Malinche llegó en son de paz? ¿Cuando su palabra sólo intentaba hablarles de aquello que engrandece a los corazones? Él, que trae la palabra del señor nuestro, nunca esperó que ustedes estuvieran planeando matarlo. Él, que todo lo ve y todo lo sabe, no ignora que en las afueras de Cholula hay guerreros mexicas esperando atacar.

Los jefes admitieron todo, pero se justificaron diciendo que sólo habían cumplido las órdenes de Moctezuma. Cortés, entonces, mencionó las leyes del reino de España en las cuales la traición se castigaba con la muerte y, por lo mismo, los señores de Cholula debían morir. No acababa Malinalli de traducir estas últimas palabras cuando el disparo de un arcabuz dio la señal para que comenzara la carnicería.

Durante más de dos horas los españoles apuñalaron, golpearon y mataron a todos los indios que ahí se encontraban reunidos. Malinalli corrió a refugiarse en un rincón y con ojos llenos de espanto vio a Cortés y sus soldados cortar brazos, orejas, cabezas. El sonido del metal rasgando músculos y huesos, los gritos, los lamentos aterrorizaron su corazón. El bello huipil que portaba pronto quedó salpicado de sangre. La sangre empapaba los penachos de plumas, las ropas, las mantas de los cholultecas; formaba charcos en el suelo. Los morteros y los arcabuces despedazaban a la multitud aterrorizada. Nadie pudo huir. Nadie pudo escalar los muros. Todos fueron asesinados sin que pudieran defenderse.

En cuanto asesinaron a todos los hombres que se encontraban ahí reunidos, se abrieron las puertas del patio y Malinalli huyó horrorizada. En la ciudad, los cinco mil tlaxcaltecas y los más de cuatrocientos cempoalenses aliados de Cortés saqueaban la ciudad. Malinalli los sorteó y corrió despavorida hasta que llegó al río. Era impresionante el odio con el que asesinaban a hombres, mujeres y niños. El templo de Huitzilopochtli, el dios que enfatizaba el dominio mexica, fue incendiado.

El frenesí de asesinatos, saqueo y sangre duró dos días, hasta que Cortés restableció el orden. Murieron en total cerca de seis mil cholultecas. Cortés ordenó a los pocos sacerdotes que quedaron vivos que limpiaran los templos de ídolos, lavaran las paredes y los pisos y, en su lugar, colocaran cruces y efigies de la Virgen María.

Según Cortés, este horror fue bueno para que los indios viesen y conociesen que todos sus ídolos eran falsos mentirosos, que no los protegían adecuadamente, pues, más que dioses, eran demonios. Para Cortés, la conquista era una lucha del bien contra el mal. Del dios verdadero contra los dioses falsos. De seres superiores contra seres inferiores. Él consideraba que tenía la misión sagrada de salvar a todos esos indios de la ignorancia en la que vivían, la misma que provocaba que, según él, cometieran todo tipo de actos salvajes e incivilizados.

Los miles de cadáveres desmembrados, sin vida, sin propósitos tomaron presa el alma de Malinalli.

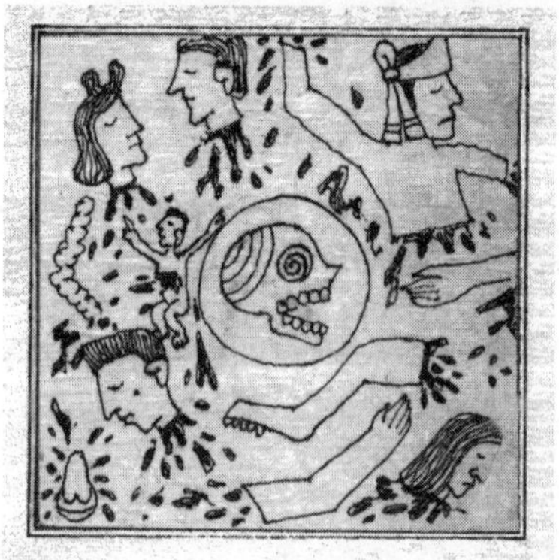

Su espíritu ya no le pertenecía, había sido capturado durante la batalla por esos cuerpos inertes, indefensos, insalvables. Nadie, ni del bando de los españoles ni del bando de los indígenas, le causó daño alguno, nadie le hirió el cuerpo, nadie la lastimó; sin embargo, estaba muerta y cargaba sobre sus espaldas cientos de muertos. Sus ojos ya no tenían vida, ya no brillaban, su respiración casi no se sentía, los latidos de su corazón eran débiles. Tenía un buen rato sin mover un solo músculo. Estaba muerta de frío, pero no le interesaba en lo más mínimo cubrirse con una manta. Además de que estaba segura de que no podría encontrar una sola manta que no estuviera manchada de sangre. El frío de octubre le calaba los huesos, el alma. Ella, que siempre había vivido en la costa, bendecida por el calor del sol, sufría con el cambio de temperatura, pero mucho más con el recuerdo de las imágenes que sus ojos habían presenciado.

El sonido de unos pasos la alertó, brincó del susto. Su corazón esperaba lo peor. Volteó para ver quién era el que se acercaba y descubrió el caballo de Cortés, solo, sin su amo, que se acercaba a beber agua en el río. El caballo también se notaba asustado. Traía las patas llenas de sangre. Malinalli se acercó y trató de limpiarlo. El caballo se quedó quieto. La dejó trabajar. Cuando terminó, Malinalli le acaricio la cabeza, se miró en los grandes ojos del caballo y vio su propio miedo reflejado en ellos. Al caballo parecía sucederle lo mismo, miraba a Malinalli con extrañeza. Ninguno de los dos parecían reconocerse, ya no eran los mismos, a los dos los había cambiado lo sucedido. Malinalli ya no era esa niña-mujer encantada de ser bautizada que el caballo había visto meses atrás. Ese caballo que había presenciado su renacer durante la ceremonia del bautizo ahora era testigo de su muerte.

Ella nunca podría volver a ser la misma. La Malinalli de ahora era otra, el río era otro, Cholula era otra, Cortés era otro. Malinalli recordó las manos de Cortés y se estremeció. Ella había visto la crueldad en las manos de Cortés. Había visto cómo esas manos que el día anterior la habían acariciado eran capaces de matar con firmeza. Ya nunca lo podría volver a ver de la misma manera. Ya nada era igual ni había vuelta atrás. ¿Qué venía como respuesta a este horrendo asesinato del que ella se sentía tan culpable? Trataba de disculparse pensando que, aunque ella no le hubiera confiado a Cortés la plática que había sostenido con la mujer cholulteca —quien le había propuesto huir con ella y con su hijo, antes de que los españoles fueran eliminados—, Cortés se habría enterado de los planes por otros medios; es más, los aliados de Cortés, antes de que ella le dijese nada, ya le habían informado que en las calles y los caminos se habían hecho trampas simuladas, que tenían en el fondo agudas estacas para que cayesen los caballos, que algunas calles estaban tapiadas, que en las azoteas se acumulaban piedras y que las mujeres y los niños estaban siendo evacuados. También le habían informado los tlaxcaltecas que en las afueras de la ciudad había una guarnición de entre quince y veinte mil guerreros de Moctezuma, cosa que nunca se comprobó; lo único real era que tanto españoles como tlaxcaltecas, en dos días, habían matado a más de seis mil indígenas. Y ella podía ser la próxima.

Ya no se sentía segura con nadie. Si en un principio se había sentido feliz de haber sido elegida como «la lengua» y de haber recibido la promesa de que se le daría la libertad a cambio de su trabajo como intérprete, ahora ya nada le garantizaba su anhelada libertad. ¿De qué tipo de libertad se hablaba? ¿Qué le garantizaba que su vida sería respetada por esos hombres que no respetaban nada? ¿Qué podía ofrecerle un hombre que mataba con tal crueldad? ¿Qué tipo de dios permitía que en su nombre se asesinara sin piedad a inocentes? Ya no entendía nada. Ni cuál era el propósito de nada.

A ella la habían educado para servir. En su calidad de esclava, ella no había hecho otra cosa que servir a sus amos. Y lo sabía hacer con eficiencia. Al traducir e interpretar, no había hecho otra cosa que seguir las órdenes de sus amos los españoles, a los que había sido regalada y a los que debía servir con prontitud. Por un tiempo, estuvo convencida de que sus buenos méritos como esclava, como sirvienta, la ayudarían no sólo a obtener su ansiada libertad sino a lograr que hubiera un cambio positivo para todos los demás. Ella en verdad había creído que el dios de los españoles era el dios verdadero y que éste no era otro que una nueva manifestación de Quetzalcóatl, quien había venido a aclarar que él no necesitaba que los hombres murieran en la piedra de los sacrificios. Pero la manera en que había visto actuar a los españoles la dejaba desolada, desamparada, desilusionada y, más que nada, aterrorizada. La pregunta obligada era: ¿a quién iba a servir? Y lo más importante: ¿para qué? ¿Qué sentido tenía vivir en un mundo que estaba perdiendo su significado? ¿Qué era lo que seguía?

Ya ni siquiera le quedaba el consuelo de refugiarse en sus dioses, porque, siendo justa, tenía que reconocer que tampoco Quetzalcóatl había hecho nada para defender a sus seguidores. Ella, al igual que los cholultecas, esperó hasta el último momento que Quetzalcóatl se manifestara, que inundara Cholula, que de alguna manera defendiera a sus fieles creyentes, pero no se le había sentido. Nunca se sintió su presencia. Malinalli fue presa de un sentimiento de indefensión. De pronto, todos los miedos, todas las culpas se habían levantado en armas en su corazón. Luchaban por ser reconocidos, valorados, aceptados. El eterno miedo al abandono, a la pérdida, a ser una niña no deseada, no valorada, no tomada en cuenta, ahí estaba más fuerte que nunca. ¡Había renacido! Tenía nuevo nombre, nueva identidad, nuevos dioses, pero no sabía cómo la iban a castigar.

Sentía, sí, que merecía un castigo, siempre lo había sentido. Nunca había entendido por qué, pero cada una de las veces en que la habían regalado, en lo profundo de su corazón, ella había sentido que era porque algo malo había en ella, tal vez por el simple hecho de ser mujer, o tal vez por otra cosa, pero así lo sentía y así lo vivía, como un castigo tremendo. Ahora entendía menos lo que pasaba, su mente no le alcanzaba para asimilar tantos cambios en tan poco tiempo. Tantas palabras, tantos conceptos. El que más trabajo le costaba entender era el del demonio como encarnación del mal. La idea de que el diablo era un ángel caído, alejado de la bondad de su padre celestial y condenado a vivir en la oscuridad —pero que al mismo tiempo tenía poder para acabar con toda la creación divina—, no le quedaba clara. Si tenía tal poder, ¿por qué no lo utilizaba? Y, si para hacerlo necesitaba que los hombres lo aceptaran en sus corazones, es que no era tan poderoso como decía. ¿Qué tipo de demonio era ése? Por otro lado, ¿el dios verdadero era tan torpe que había creado una fuerza capaz de destruirlo? ¿Y tan débil que a cada momento corría el riesgo de que sus hijos lo olvidaran y pecaran? No, para nada entendía el concepto que los españoles tenían de dios y del mal. Para ella, el mundo espiritual guardaba una estrecha relación con la naturaleza y el cosmos. Con sus ritmos, con el movimiento de sus astros por los cielos. Cuando el sol y la luna habían nacido en Teotihuacan, habían sacado a los hombres de la oscuridad. Ella sabía por sus antepasados que la luz que emiten esos astros no es sólo física sino espiritual y que su tránsito por los cielos servía para unificar en el pensamiento de los hombres el ciclo de tiempo y espacio. La contemplación de los cielos, como en un juego de espejos, se convertía en una contemplación interna, se volvía un instrumento de transformación, era algo que ocurría adentro y afuera, en el cielo y la tierra. Año tras año, ciclo tras ciclo, tejiendo el tiempo, entrelazándolo, como si de un petate de serpientes se tratara, logrando de esta manera incorporarse en el tejido de la vida, donde no se necesitaba morir para ir al cielo, sino sólo estar íntimamente ligado a la tierra, para permanecer en la presencia de los dioses, pues los que se dedicaban a observar el proceder ordenado del cielo se convertían en sol, se convertían en dios.

Ella no entendía un dios que no se podía mirar en el cielo —como al sol— con los ojos del cuerpo, un dios al que no podía integrarse, un dios que se encontraba fuera del tiempo, en otro cielo al que sólo entraban los que estaban libres de pecado. Un dios castigador, un dios destructor, al que temía. Al que no quería molestar y no encontraba cómo lograrlo. No sabía qué hacer de ahora en adelante. Se sentía como polvo disperso en el viento, como pluma sin quetzal, como mazorca sin granos de maíz, sin propósito, sin deseo, sin vida. ¿Para qué había nacido? ¿Para ayudar a los españoles a destruir su mundo, sus ciudades, sus creencias, sus dioses? Se negaba a aceptarlo. Tenía que haber otra razón. Necesitaba encontrar un nuevo sentido a su vida. Ver el mundo de diferente manera. Dejar de ver el pasado en cada río, en cada piedra, en cada planta, en cada huipil, en cada tortilla que se llevaba a la boca. Tenía que ver las cosas a la manera de los españoles. Su vida dependía de ello, porque le quedaba claro que hasta ese momento nunca habían estado hablando de lo mismo, nunca habían visto lo mismo ni querían lo mismo. El cambio que ella esperaba para su gente era simplemente que se terminara con los sacrificios humanos, pero esperaba que todo lo demás siguiera igual. Sobre todo el culto a Quetzalcóatl.

Sin embargo, comprendía que no se trataba de lo que ella quisiese o hubiese querido. A nadie le importaba su parecer y, por el momento, a ella tampoco le importaba regresar a la ciudad para ver lo que había quedado de la grandiosa Cholula. Permaneció en silencio por un buen rato al lado del caballo. Ninguno de los dos tenía intenciones de hacer nada. Unas mariposas llegaron hasta ellos. Venían salpicadas de sangre. Malinalli lloró en seco. Sus ojos ya no tenían lágrimas. Quiso huir, no ver, no oír, no saber. Su mente levantó el vuelo y se reencontró fuera del tiempo con su abuela y con el día en que la había llevado a visitar un santuario de mariposas monarca.

Aquél había sido un día muy feliz. Un día de primavera. Malinalli estaba vestida toda de blanco, con un collar de plumas y pulseras de jade en muñecas y tobillos. Estaba excitada pues su abuela le había dicho que las mariposas acababan de regresar y que la iba a llevar a verlas. La niña no entendía por qué cada año se iban y por qué regresaban e, intrigada, le preguntó a su abuela por qué las mariposas no se quedaban en casa, para así poder mirarlas todo el tiempo. La abuela le explicó que ellas, al igual que muchas aves, eran grandes viajeras y que eso era bueno, pues trasladarse por el viento en movimiento es lo que hace que uno cambie, que se renueve, que sea más fuerte. Cada viaje de las mariposas era la lucha que daban por la vida. Migraban en busca de alimento y de un clima que les permitiera sobrevivir al frío invierno pues, de otro modo, morirían. De esta manera cumplían una promesa de vida.

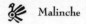

La abuela le explicó que dentro del cuerpo humano todos teníamos una mariposa viajera instalada en el hueso de la pelvis. Ese hueso era su representación.

—Cuando la flor se abre, viene la mariposa, cuando la mariposa viene, se abre la flor —le dijo la abuela.

Esto significaba que la energía generada por la mariposa, en determinado momento, se liberaba de su fuente y viajaba en forma ascendente por el interior de los huesos de la columna hasta llegar a los huesos del cráneo, que representan la bóveda celeste. Este viaje era una repetición de aquel que Quetzalcóatl había efectuado al momento de incinerarse y convertirse en Estrella de la Mañana. Aquel que lo realizaba, al igual que él, se convertía en dios. Y para la abuela, el regreso de las mariposas a los santuarios anticipaba el regreso que algún día Quetzalcóatl habría de realizar para cumplir con su promesa de retorno.

La niña estaba de lo más entusiasmada con la excursión. Le emocionaba saber que iba a ver muchas mariposas. La madre de Malinalli se opuso a la planeación del viaje, pretextando que era imposible que una mujer vieja y ciega pudiese soportar tan largo recorrido y, peor aún, cuidar a una niña de cuatro años, tan inquieta y desobediente como —según ella— era Malinalli. El viaje estuvo a punto de suspenderse si no hubiera sido porque la abuela argumentó con firmeza y con energía que, para ir a los lugares sagrados no se necesitaba ver, ni nada tenían que ver los años; que el cansancio no existía ahí y que nadie la iba a detener ni a convencer de no ir pues, por sobre todas las cosas, era necesario que Malinalli admirara el origen y el eterno retorno de la creación de la vida.

—Y yo no moriré en paz, ni dejaré este mundo, antes de hacer este recorrido con mi nieta.

Ésa fue su afirmación y así, tomadas de la mano, Malinalli y su abuela salieron rumbo al santuario el primer día de primavera. Caminaron durante tres días, durante los cuales tomaban pequeños descansos en los poblados a los que iban llegando. En el camino se unieron a un grupo de hombres y mujeres que viajaban con el mismo propósito al santuario de las mariposas. Al ritual de la iniciación donde, cada primavera, se invoca al viento, a la plenitud de los elementos, para que el hombre obtenga de la tierra y el cielo las riquezas necesarias para cumplir con sus tareas.

Durante su peregrinaje pasaron primero por un poblado donde mujeres y hombres se dedicaban a tallar la piedra, a proyectar en ella la imagen de los diferentes dioses, de los diferentes soles, de los tallados pensamientos que quedarían eternos, inscritos en la piedra. Este oficio fascinó a Malinalli, quien aprendió que aún lo más duro puede ser moldeable y que todo en el universo es flexible a la buena voluntad. La niña preguntó entonces a la abuela si así como dentro del cuerpo había una mariposa, había piedras como ésas y la abuela le contestó:

—¿Como éstas...? ¡Mmm...! Igual que éstas, no. Pero a veces el corazón de algunas personas puede convertirse en piedra. Por un lado, es bueno que sea firme, que no se conmueva ante cualquier cosa, pero no es bueno que sea tan duro pues tardará más tiempo en comprender la verdad, en incendiarse de amor.

Esa noche durmieron en aquel poblado. Malinalli recogió piedras de todos los tamaños y las guardó para llevárselas con ella.

Un día se encontraron con un fósil de un caracol.

—¿Qué es esto? —preguntó la niña, depositando el caracol en la mano de la abuela, y ella, al sentirlo, inmediatamente contestó, como si lo estuviera viendo:

—Es un recuerdo de piedra.

—¿Lo hicieron aquí?

—No —le respondió la abuela, riendo—, éste lo hizo la Madre Tierra, es obra de ella.

Malinalli también lo guardó en su bolsa y siguieron caminando. Con tanto peso encima, la niña pronto se cansó y pretextó no poder seguir adelante pues tenía un fuerte dolor en las rodillas y en los pies. Su abuela no le hizo caso, no se detuvo, no se apiadó de ella y siguió adelante. Malinalli sintió que su abuela podía desaparecer para siempre y corrió como nunca para alcanzarla. Caminando junto a ella le dijo:

—Tengo ilusión por ver a las mariposas pero ¿por qué tenemos que caminar tanto?

—Tu tarea es caminar —respondió la abuela—. Un cuerpo inmóvil se limita a sí mismo, un cuerpo en movimiento, se expande, se vuelve parte del todo, pero hay que saber caminar ligero, sin cargas pesadas. Caminar nos llena de energía y nos transforma para poder mirar el secreto de las cosas. Caminar nos convierte en mariposas que se elevan y miran en verdad lo que el mundo es. Lo que la vida es. Lo que nuestro cuerpo es. Es la eternidad de la conciencia. Es la comprensión de todas las cosas. Eso es dios en nosotros, pero si quieres, puedes quedarte sentada y convertirte en piedra.

Como respuesta, la niña sacó de su pequeño morral todas las piedras que había juntado y le dio la mano a su abuela para seguir caminando.

Malinalli no se volvió a quejar y, poco antes de llegar, descansaron del sol del mediodía dentro de una cueva que tenía un eco. La niña, con asombro, descubrió que el eco le regresaba las palabras. La abuela le explicó que por eso es tan importante honrar a la palabra. Cada sonido que emitimos navega por los aires, pero siempre viene de regreso a nosotros. Si queremos que en nuestros oídos resuenen palabras justas, no hay mas que pronunciarlas con anterioridad.

Al cuarto día llegaron al santuario de las mariposas amarillas. Había una multitud. Todos habían venido de diferentes regiones, hablaban diferentes dialectos, tenían diferentes hábitos y costumbres, pero una cosa los unía: el rito sagrado de la presencia de las mariposas que en sus vuelos y en la unión de sus formas escribían en el aire códices sagrados, mensajes de los dioses y cantos que solamente el alma escuchaba. Era tan maravilloso ver a miles y miles de mariposas reunidas en un árbol gigantesco, volando alrededor de todo este sitio, desprendiendo luz del aire, que Malinalli, emocionada, preguntó:

—¿Por qué todas las mariposas están juntas?

—Están juntas para unir las distancias; están juntas para unir el frío con el calor; están juntas para que leamos lo que ellas en sus formas nos proyectan. Apréndete sus formas, sus movimientos, sus sonidos, concéntrate en ellas —le explicó la abuela.

La pequeña niña de cuatro años entró en una especie de trance, dejó de mirar las mariposas y en su lugar comenzó a mirar códices, manifestaciones de arte sagrado, como si fuera una enviada de los dioses y una niña profeta; su mente comprendió al leer los códices, sin que nadie se los hubiera explicado, sin que estuvieran ahí; los vio todos y comprendió su significado.

—¿Qué ves? —preguntó la abuela.

—Códices —respondió la niña.

—Y, si cierras los ojos, ¿los sigues viendo?

—Sí.

—Bueno, ahora abre los ojos. ¿Siguen ahí los códices?

—No —aseguró Malinalli.

—Eso te muestra que debes estar despierta, para no vivir en las ilusiones. Tú verás lo que quieras ver.

Ahora deseaba olvidar.

No quería que las imágenes de la destrucción de Tula formaran un códice en su mente. Quería olvidar también el día en el temascal, en el que confió que Quetzalcóatl hubiera humedecido en Cortés el recuerdo de dios. Ya no quería hablar, ya no quería ver, ya no quería salvar su libertad. No a ese precio. No a través de la muerte de tantos inocentes, de tantos niños, de tantas mujeres. Antes que ello prefería que de su vientre salieran serpientes que se enrollaran por todo su cuerpo, que le ahogaran el cuello, que la dejaran sin respiración, que la volvieran nada, palabra en la humedad de la lengua, símbolo, glifo, piedra.

Seis

El frío era insoportable. Llevaban días caminando. Cortés se había empeñado en llegar a Tenochtitlan a como diera lugar.

Después de haber errado el camino varias veces, descubrió que le estaban dando indicaciones falsas para llegar a la gran ciudad de los mexicas, así que en contra de todo consejo, decidió cruzar entre el Popocatépetl y el Iztaccíhuatl, los dos volcanes que vigilaban el valle del Anáhuac.

Malinalli estaba convencida de que a ella pronto le llegaría la hora. Se sentía muy cansada. Sus pies le eran ajenos, ya no los sentía. Estaban completamente helados, engarrotados. Tanto, que ni siquiera sentía las heridas que unas grandes ampollas le habían producido en los dedos de los pies. Le habían salido por usar unos zapatos cerrados que le había quitado a uno de los esclavos cubanos que quedaron muertos sobre el camino. No le importó usar los zapatos del muerto. Era capaz de cualquier cosa con tal de aliviar un poco el frío que tenía en los pies. El problema era que nunca había calzado sus pies y, a los pocos metros, ya tenía ampollas y un dolor insoportable, pero no le fue permitido detenerse. Siguió caminando a pesar de que las ampollas le sangraban, hasta que sus pies entumecidos dejaron de causarle dolor.

Ahora lo único que tenía era sueño, mucho sueño. Le parecía imposible pensar en un día soleado, caluroso, alegre. Quiso imaginar el calor que se sentía en todo el cuerpo en los días de verano pero le fue imposible. ¡Necesitaba tanto calentar su piel! Sin saber por qué, pensó en los chapulines...

Cada verano, ella se dedicaba a atraparlos entre los maizales. A ella le encantaba sorprenderlos en pleno salto, y luego meterlos en un pequeño guaje de donde más tarde, en la cocina comunitaria, los sacaban para dejarlos caer en agua hirviendo. La muerte de los chapulines era instantánea. Luego, los enjuagaban muchas veces hasta que el agua quedaba totalmente transparente y los asaban en una olla de barro. Al finalizar le rociaban jugo de limón. No había nada más sabroso que un puñado de chapulines en una tarde de verano, después de haber jugado y haberse bañado en el agua fría del río.

En ese instante deseó con toda el alma ser un chapulín, que alguien la atrapara y la dejara caer en una olla de agua hirviendo. Ser calor, ser fuego en vez de un cuerpo amoratado y dolorido. Si para lograrlo tenía que morir, que así fuera. No le importaba. Al menos moriría calientita, su espíritu sería absorbido por el sol, sería una con él y su cuerpo, que permanecería en la tierra, sería utilizado para ser alimento suculento. Sus carnes deleitarían a los demás. Se le ocurrió que tal vez lo más adecuado para el paladar de los españoles sería que la sazonaran con un poco de ajo molido, esa planta que habían traído con ellos, que tanto acostumbraban comer y que a veces olía en su sudor y en sus bocas. ¡Se moría del antojo! En ese momento hubiera dado lo que fuera por un chapulín. Pero con ese frío era imposible conseguir uno. Y ahora sabía por qué. Con ese clima lo único que se buscaba era arroparse bajo la tierra y no andar brincoteando por ahí. Malinalli ya no podía dar un paso más. Recordó el viaje que había realizado en compañía de su abuela y resonaron en su mente las palabras que en esa ocasión le había dirigido:

—Tu tarea es caminar... Caminar nos convierte en mariposas que se elevan y ven en verdad lo que el mundo es.

Malinalli, por experiencia propia, sabía que la caminata ritual efectivamente producía un desprendimiento del cuerpo, una elevación espiritual, una integración con el todo. Sucedía cuando se derrotaba al cuerpo, cuando se le vencía, cuando la carne renunciaba a contener al caminante y le permitía integrarse a la nada donde todo es, donde todo está. Malinalli, completamente rendida, cerró los ojos para ver si podía ser una con su abuela, pero no pudo. Su cuerpo aún la mantenía prisionera.

Cortés la observaba a distancia. Habían decidido tomar un descanso para esperar a que la expedición de Diego de Ordaz regresara del Popocatépetl. Cortés envió una decena de exploradores al mando de Diego de Ordaz para observar de cerca el Popocatépetl, que, según le informaron, había hecho erupción varias veces en los últimos años. Para la mayoría de los conquistadores, la visión de un volcán en actividad era algo nuevo y que no querían perderse.

Cortés, desde su puesto de descanso, observó la nube de humo y cenizas que salía del volcán. Después su vista se dirigió hacia Malinalli. Cortés la observó detenidamente.

Con los ojos cerrados y acurrucada bajo una manta que Bernal Díaz del Castillo le había prestado, se veía pequeña, vulnerable, pero nada más alejado de la verdad. Hernán pensó en lo admirable que era esa mujer. No se había quejado en ningún momento. Seguía el paso a todos ellos sin chistar. Nunca se había enfermado ni llorado ni dado molestias. La comparación con su esposa fue inevitable. Catalina Xuárez era una mujer débil y enfermiza, que no le había podido dar hijos. Estaba seguro de que Catalina, su mujer, en la misma situación en la que se encontraba Malinalli ya habría muerto.

Cortés a su vez era observado por Malinalli por el rabillo del ojo. Ella no quería hablar con nadie así que prefería fingirse dormida. No tenía energía ni para pedir ayuda. Le gustaba mirar el cuerpo de Cortés, su musculatura, su fortaleza, su valentía, su audacia, su don de mando. Miles de veces, parada frente al mar y meditando sobre el eterno retorno de las olas, había deseado el regreso de su padre, o alguien lo más parecido a él, para que la protegiera. En ese momento se preguntó si Cortés podría ser ese hombre y llegó a la conclusión de que no. La protección que ella anhelaba era una que no tenía nada que ver con su anulación como persona. La protección y defensa que los españoles decían que les iban a proporcionar contra los dioses falsos y contra sus prácticas paganas más bien los dejaban en un estado de indefensión, los convertían en niños débiles que no sabían lo que era bueno para ellos y que necesitaban de alguien superior a ellos que viniera a decirlo. Definitivamente, ser protegida por Cortés representaba ser una mujer débil e ignorante.

Pero estaba tan cansada que no tenía ganas de pensar en nada que no fuera el sol. No en balde decían sus antepasados que primero fue el fuego y que de él nació el sol y con él los hombres. El sol era fuego en movimiento. Cerró los ojos. La altura estaba haciendo estragos en su estado de salud. Le dolía la cabeza, sentía que el aire no era suficiente. Se sentía mareada, igual que cuando era niña y la abuela la levantaba en brazos por los aires y le daba vueltas y vueltas como a los voladores de Papantla. Esos hombres que realizaban una bella danza en los aires mientras descendían al piso sostenidos por una cuerda atada a sus tobillos. Eran cinco integrantes, de los cuales cuatro descendían el piso poco a poco, girando y bajando mientras otro quedaba en lo alto del gran poste representando al centro. Antes de bajar, saludaban a los cuatro puntos cardinales y al sol. Los cuatro danzantes que volaban por los aires representaban a cada uno de los cuatro puntos cardinales. Malinalli los vio varias veces en su niñez y le encantaba que la abuela la convirtiera en un volador tomándola de los pies y haciéndola girar. Cuando su abuela se cansaba, ella solita giraba y giraba con los brazos abiertos hasta que se mareaba y caía al piso entre risas.

La abuela le explicaba que eso pasaba porque perdía su centro.

—Dios está en el centro. Ahí donde no hay forma alguna, ni sonido, ni movimiento. Cuando te encuentres mareada, siéntate, deja de moverte, quédate en silencio y encontrarás al señor nuestro ahí, en tu centro invisible, el que te une a él. Somos como las cuentas del collar de la creación y estamos unidos unos con otros, cada uno ocupando el lugar y el espacio que le corresponde. Cuando alguno jala más de la cuenta para un lado, altera todo el orden de los cielos y el cielo se abre, la tierra se abre. Cuando uno se separa ya no irá a caer donde debería caer, ya no caminará donde debería caminar, ya no irá a morir a donde debía morir porque su lazo se rompió, porque todo forma parte del todo y todo repercute en el todo. Y por eso dios se entristece cuando no lo vemos, cuando no lo conocemos, cuando pasamos la vida de espaldas a él.

—¿Y dónde está dios? ¿Cómo lo puedo ver? —preguntó la niña.

—Ver lo invisible es complicado, pero debes saber que aquel por quien se vive está en el aire que respiramos, en cada gota de agua, en cada cuerpo, en cada piedra, en cada planta, en cada animal, en todas las formas de su creación. En el centro, en lo invisible de todos ellos es donde se encuentra.

Cada cuerpo celeste se encuentra unido en su centro con los otros astros y con nosotros. Es como si un hilo de plata nos hubiera enlazado durante la creación. Ver lo invisible en los otros es ver a dios en ellos. Escuchar lo invisible en sus palabras es escuchar a dios. Sentir el agua en el aire antes de que se convierta en lluvia es sentir a dios. No importa que tan distintos sean los rostros que miras, que tan distinto sea el canto de alguien, atrás de su cuerpo, atrás de sus palabras está la presencia del señor del cerca y del junto. Por eso es tan importante la representación, el canto, el movimiento, todo aquello que hacemos. Si lo hacemos de acuerdo con nuestro centro, de acuerdo con la divinidad, tendrá un carácter sagrado; si lo hacemos mareados, nos tirará al piso, nos dejará a un lado, desconectados de dios. Todos giramos. Cada hombre, cada luna, cada sol, cada estrella danza alrededor de un centro. El movimiento de los astros es sagrado y el nuestro también. Nos une el mismo invisible.

Pero lo más importante del conocimiento que la abuela le transmitió a Malinalli fue quizá la noción de que atrás de cada representación divina, ya fuera en papel, en piedra, en flor o en canto, dios ya estaba ahí. Antes de que cualquier palabra que lo nombrara se pronunciara, ya estaba ahí. No importan la forma, el color o el sonido que se eligieran para representarlo.

—Querida Malinalli, antes de que tú tomaras forma en este cuerpo ya eras una con dios y lo vas a seguir siendo aunque tu figura se haya borrado de la tierra. —Y luego continuó—:

Cuando yo muera, cuando esté fuera del tiempo, va a ser difícil que me veas, que me escuches, que me sientas, por eso te voy a dar esta Tonantzin de piedra; ella es nuestra madre, a ella le puedes decir y pedir lo que quieras. Yo voy a estar danzando en el cielo a su lado así que juntas veremos por ti.

Malinalli entonces tomó entre sus manos el collar de cuentas de barro que había moldeado junto con la abuela y con la imagen de la Tonantzin entre los dedos pidió que le permitieran recuperar su centro. Dominar el mareo que la volvía loca. Y recuperar la salud. Faltaba poco para llegar al valle del Anáhuac. Quería verlo. Quería sobrevivir. Después de este deseo, sus ojos se cerraron. Malinalli dejó su cuerpo y se convirtió en pensamiento, en idea, en sueño. En ese estado, nada le impedía ser parte de todo lo que la rodeaba. No tuvo problema para entretejer su pensamiento con el de las demás esclavas y al instante experimentó una libertad inimaginada. Se vio flotando sobre un petate de serpientes entrecruzadas. Sabía que estaba instalada en otra realidad, y que lo que veía era parte de un sueño, pero también sabía que en ese sueño podía encontrar una realidad mejor, más colectiva que individual.

En su sueño se vio como parte de una mente femenina unificada que tenía el mismo sueño. En él, un grupo de mujeres descalzas caminaba sobre el hielo de un río que había quedado congelado en el momento en que la luna se había reflejado sobre su superficie. Las plantas de sus pies en contacto con lo helado se cuarteaban, y las heridas formaban mapas estelares. La luz de la luna llena se proyectó con fuerza sobre todas ellas y entonces fueron una sola mente y sólo un cuerpo, fueron todas una sola mujer que se sostenía en el viento y que se alimentaba de la fe de todas las que querían liberarse de la pesadilla de sentir, de tocar, de llorar, de amar, de sangrar, de morir, de tener y dejar de tener. Malinalli, en cuerpo de esa mujer unificada, se vio rodeada por doce lunas y sostenida por los cuernos de la treceava. Con sus manos recogía plegarias y pedazos de dolor que convertía en rosas. Luego sintió que la luna bajo sus pies se incendiaba toda y el fuego devoraba sus pensamientos. Su mente era lumbre que creaba imágenes que se clavaban en el corazón de los hombres como cuchillos de luz, mientras les hablaban del verdadero significado del lenguaje. Cuando Malinalli sintió que la luna, junto con ella, se incendiaba toda, abrió los ojos. En sus ojos había lágrimas y en su corazón, un presagio de flores.

****

Reflejo del reflejo Malinalli era. La luz de la luna se proyectaba sobre su espalda y la sombra alargada que de su cuerpo salía abarcaba gran parte de la distancia que la separaba de la piedra del sol, ubicada en el Templo Mayor de Tenochtitlan.

Malinalli había decidido salir a medianoche a recorrer la plaza en silencio. Sin necesidad de traducir e interpretar, sin tener que fingir indiferencia ante los dioses de sus antepasados para evitar ser catalogada como idólatra. Había llegado a Tenochtitlan un día antes y Malinalli había quedado tan o más impresionada que los mismos españoles ante la grandeza de la ciudad. El Templo Mayor era el centro. Era el espacio que reflejaba la cosmovisión de sus fundadores. Desde ese espacio partían grandes calzadas hacia los cuatro puntos cardinales.

Ahí, de pie ante la piedra del sol, Malinalli estaba precisamente en el centro de la ciudad, del cosmos. El sol, la luna, ella y la piedra del sol formaban un todo único e indivisible y en ese momento comprendió que la piedra era una representación de lo invisible. Que era un círculo que representaba no sólo al sol y a los vientos, a las fuerzas de la creación, sino a lo invisible de su centro.

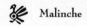

Por primera vez vio lo invisible y comprendió que el tiempo era algo distinto a lo que ella pensaba. Ella estaba acostumbrada a percibir el paso del tiempo a través del movimiento de los astros en los cielos, a través de los ciclos de siembra y cosecha, de vida y muerte. Mientras tejía, también podía entender el tiempo. Un bello huipil era la muestra del tiempo invertido, de la forma en que el tiempo se entreteje. En cada bordado, Malinalli regalaba su tiempo a los demás y compartía con ellos la belleza. Hacía mucho que ya no tenía tiempo de hilar, mucho menos de bordar. Su vida, al lado de los españoles, había modificado por completo su concepción del tiempo. Ahora lo medía por los días de caminata, por los días de batalla, por la cantidad de palabras traducidas, por la cantidad de intrigas y de estrategias desarrolladas. Su tiempo parecía haberse acelerado y no le dejaba ni un momento libre para poder ubicarse en el centro de los acontecimientos. Era un tiempo confuso en el que su tiempo y el de Cortés inevitablemente se entrecruzaban, se enlazaban, se amarraban. Era como si a la usanza indígena, en una ceremonia tradicional, alguien les hubiera atado la punta de sus vestimentas para convertirlos en marido y mujer. Esa sensación la incomodaba. Sentirse amarrada le quitaba libertad. Ella quería ir por un lado y Cortés jalaba por el otro. Era una unión obligada que ella no había decidido pero que parecía marcarla para siempre. Su tiempo —sin remedio— ahora estaba entretejido con el de Cortés. Sin embargo, esa noche, de pie ante la piedra del sol, Malinalli se sentía equilibrada, restaurada, ubicaba en el tiempo, o más bien fuera de él.

Esa noche Moctezuma también reflexionaba respecto al tiempo, a su tiempo, al ciclo que terminaba.

Él, al igual que Malinalli, tampoco podía dormir. Salió al balcón del palacio y desde ahí observó a una mujer resplandeciente que cruzaba la plaza, vestida de blanco. Su corazón dio un brinco, parecía Cihuacóatl, el sexto presagio funesto, que se aparecía por las noches y recorría las calles de la gran ciudad llorando y dando grandes gritos por sus hijos. Es más, con toda claridad escuchó una voz que decía: «¡Hijitos míos, ya tenemos que irnos! ¿Adónde los llevaré, que el dolor no los alcance?». Su piel se le enchinó. El espanto lo dejó helado. Quiso moverse y no pudo. Trató de calmarse, de controlar su mente, pero sus pensamientos no hacían sino conectarlo con imágenes de infortunio. Sin saber por qué, recordó al ave extraña que años atrás le habían llevado a palacio unos pescadores y que en la cabeza tenía un espejo. El hallazgo del ave constituyó el último de los presagios funestos. En cuanto Moctezuma miró al ave, ésta desapareció para siempre de su vista. Trató de recordar lo que el espejo del ave le había reflejado y, en lugar de que viniera a su memoria, en su mente apareció una imagen tremendamente dolorosa: una lluvia pesada caía sobre la piedra del sol. Y cada gota de agua que chocaba en la piedra la deslavaba, dejándola completamente lisa.

Moctezuma comprendió que la muerte era todo aquello que no tenía ni signos ni mediciones y se estremeció. Definitivamente su tiempo había terminado y temió por el futuro de sus hijos, sobre todo los pequeños: Tecuichpo de nueve y Axayácatl de siete años de edad.

Malinalli, continuando con el juego de espejos, sintió el mismo temor que Moctezuma por el futuro de sus hijos, con la diferencia de que ella aún no los tenía. Era una noche de magia, de luz, de paz, antes de la guerra. Malinalli volvió a este mundo al escuchar el ruido de los peces que saltaban en los canales que rodeaban la plaza mayor. Con su salto, producían un ruido parecido al que una piedra hacía al caer al agua, pero los sonidos de los peces eran más delicados, continuos y tranquilizadores. La razón por la que los peces saltaban en noche de luna llena se debía a la luz. Gracias a la luminosidad que la luna proyectaba en el agua, los peces alcanzaban a ver a los insectos que revoloteaban en la superficie del agua y brincan para devorarlos.

Malinalli esperaba que, de la misma manera, Tlazolteotl, la «comedora de las inmundicias», devorara sus pecados. Lo que ella consideraba como pecados, que no eran otra cosa que inconformidad, disgusto, una serie de emociones encontradas.

De inmediato se introdujo al templo de Huitzilopochtli, lugar en donde sabía que la podía encontrar. Tlazolteotl no tenía templo propio. Era una divinidad lunar, era la diosa del amor pasional, del que desata la lujuria y quebranta la ley provocando el adulterio. Tlazolteotl también era la gran madre paridora, la patrona de los partos, de la medicina y de los baños de vapor que limpiaban y purificaban más allá del cuerpo. A esta diosa se le temía pues, así como provocaba el apasionamiento y el apetito sexual, podía retirarlos o provocar enfermedades venéreas. Para evitar todo esto, si uno cometía una transgresión sexual, era necesario que lo confesara a uno de los sacerdotes de la diosa, quienes, en su nombre, recibían «la inmundicia» e implantaban una penitencia que iba desde un simple ayuno de cuatro días hasta la perforación de la lengua con una espina de maguey. Como el ayuno debía realizarse los cuatro días anteriores a la celebración de las Cihuateteo —las divinidades femeninas que habían muerto durante el parto—

y esta fecha ya había pasado, Malinalli decidió por sí misma que el castigo que procedía en su caso era la perforación de la lengua.

Por supuesto que no se confesó ante ningún sacerdote. No podía hacerlo. Cortés no lo habría aprobado y en el acto se dio cuenta de que tampoco aprobaría que ella se perforara la lengua. ¿Qué explicación daría al día siguiente cuando no pudiera hablar? Tenía que haber alguna otra manera de castigarse pero no encontraba cuál. Sin embargo se sentía sucia, pecadora. Le urgía limpiar su alma. Para no ser vista, había acudido a esas horas de la noche en busca de algo que le diera alivio, que la purificara. Los últimos acontecimientos la tenían abrumada, descontrolada, excitada.

Antes que nada, estaba el hecho de que durante el primer encuentro entre Moctezuma y Cortés, ella había sido la traductora y durante su actuación había mirado directo a los ojos de Moctezuma, el máximo gobernante. El rey supremo. Las piernas le habían temblado. Ver su rostro había constituido una transgresión suprema. Ella sabía perfectamente que estaba prohibido mirar a la cara a Moctezuma y que aquel que lo hacía era condenado a muerte, y sin embargo, lo hizo. La mirada que obtuvo de vuelta le indicó que a Moctezuma no le pareció en absoluto su actitud, pero lejos de mostrar su molestia, permitió que siguiera traduciendo su discurso de bienvenida. Malinalli lo hizo respetuosamente. Consideraba como el más grande honor que había tenido en la vida transmitir las palabras de Moctezuma. Lo que nunca esperó fue que Moctezuma depusiera su trono a favor de Cortés y que ella, por ser la traductora, fuera quien prácticamente le hubiera dado el reino a Cortés. Tampoco se imaginó que al hacerlo experimentaría un dolor tan profundo. Era muy triste ver que su fe no tenía nada que hacer al lado de la de Moctezuma. Ver a un emperador, a un hombre que había sido educado para el poder, entregar su reino la conmovió profundamente. Ser testigo de la profunda fe de Moctezuma, de la grandeza espiritual que le permitía desprenderse de todo su enorme poder ante un espíritu: el de Quetzalcóatl. Sentir el orgullo de Moctezuma de ser el emperador al que le correspondía presenciar el regreso de Quetzaocóatl la estremecía. Sólo un hombre transformado espiritualmente podía realizar esa entrega.

Ver a Moctezuma ofrendar su reino, no a una persona, no a un rostro, ni a una ambición sino al espíritu de Quetzalcóatl era en sí un acto místico y sagrado. Y Malinalli supo en su corazón que Quetzalcóatl en verdad lo agradecía, en verdad lo recibía, en donde quiera que estuviera, aunque no fuera en el cuerpo de Cortés. Al traducir el discurso de Moctezuma, Malinalli también experimentó una transformación espiritual y actuó como verdadera mediadora entre éste y el otro mundo. Su voz salió de su pecho con fuerza y le dijo a Cortés:

—¡Oh! Señor nuestro. Seáis bienvenido. Habéis llegado a vuestra tierra, a vuestro pueblo y a vuestra casa México. Habéis venido a sentaros en vuestro trono...el cual yo, en vuestro nombre, he poseído algunos días. Otros señores que ya son muertos lo tuvieron antes que yo: los señores Itzccóatl, Moctezuma el Viejo, Axayácatl, Tizóc y Ahuizotl. ¡Oh! Qué breve tiempo tan sólo guardaron para ti, dominaron la ciudad de México. Bajo su espalda, bajo su abrigo estaba metido el pueblo... ¡Oh! ¡Ojalá uno de ellos estuviera viendo, viera con asombro lo que ahora yo veo venir en mí! Lo que yo veo ahora. Yo, el residuo, el superviviente de nuestros señores.

»Señor nuestro, ni estoy dormido ni soñando. Con mis ojos veo vuestra cara y vuestra persona. Días ha que esperaba yo esto. Días ha que mi corazón estaba mirando aquellas partes por donde habéis venido.

»Habéis salido de entre las nubes y de entre las tinieblas del lugar a todos escondido. Esto es, por cierto, lo que nos dejaron dicho los reyes que pasaron, que avíades de volver a reinar en estos reinos y que avíades de sentaros en vuestro trono y en vuestra silla. Ahora veo que es cierto lo que nos dejaron dicho.

»¡Seáis muy bienvenido! Trabajos habréis pasado viniendo de tan largos caminos. ¡Descansad ahora! Aquí está vuestra casa y vuestros palacios: tomadlos y descansad en ellos con todos vuestros capitanes y compañeros que han venido con vos».

Un gran silencio se desplomó del cielo como respuesta. Cortés no daba crédito a lo que sus oídos escuchaban. Sin haber disparado una bala, se le estaba ofreciendo ser rey de esas inmensas y ricas tierras. Los más de cuatro mil nobles y señores principales del reino mexica, ataviados con su mejores galas, con su mejores pieles, plumas y piedras preciosas, también se asombraron ante estas palabras.

Cortés le pidió a Malinalli que tradujera estas palabras como respuesta:

—Dile a Moctezuma que se consuele, que no tema. Que lo quiero mucho y todos los que conmigo vienen también. De nadie recibirá daño. Hemos recibido con gran contento en verle y conocerle, lo cual hemos deseado muchos días ha. Ya se ha cumplido nuestro deseo.

Moctezuma entonces tomó del brazo a Cortés y en procesión, seguido por su hermano Cuitláhuac y los señores Cacama de Tezcoco, Tetlepanquetzal, príncipe de Tlacopan, Itzcuauhtzin, de Tlatelolco, y muchos grandes señores, se dirigieron hacia Tenochtitlan.

Tenochtilan era una ciudad cuya extensión doblaba cualquiera de las de España. Al verla, Cortés no supo qué decir. Nunca había visto una ciudad como aquélla, construida en medio de una laguna y circundada por amplios canales por donde cientos de canoas se deslizaban.

Cortés quedó deslumbrado por los espejos de agua. Impresionado por la sencilla y majestuosa visión de una arquitectura que parecía haberse diseñado en las estrellas. Una arquitectura que, al mismo tiempo que lo conmovía, despertaba en él la ira por no haber tenido nunca el talento de imaginarla. La contemplación de los majestuosos edificios lo conmovían, lo invitaban a entregarse a la ciudad, a abrazarse a ella, a mojarse en sus aguas, a vivir en sus palacios, pero al mismo tiempo la envidia que le provocaban lo impulsaban a negar la ciudad, a desear evaporarla, volatilizarla, borrarla. En su interior se libraba un combate entre el respeto y el desprecio. Al irse internando en Tenochtitlan, su admiración y su ira fueron creciendo. La arquitectura mexica, aparte de evidenciar el alto grado de desarrollo cultural de esa gran civilización, despertaba piedad, asombro, respeto. Sus edificios tenían armonía, fuerza, magnificencia.

Cortés y sus acompañantes fueron instalados en el palacio de Axayácatl, antiguo gobernante, padre de Moctezuma. Era un edificio rectangular de una planta, con muchos patio interiores y jardines. Algunos de ellos albergaban fieras, plantas exóticas, aviarios donde Moctezuma gustaba de cazar aves con su cerbatana. Era una construcción palaciega que maravilló a Cortés, quien, en cuanto estuvo instalado en su habitación, mandó llamar a Malinalli y fornicó desenfrenadamente con ella, como una manera de celebrar su triunfo y al mismo tiempo negarlo. Como un deseo de gozar y de atacar simultáneamente. De acercarse a la vida que había en Malinalli para contemplar su muerte.

Besó su boca, sus senos, su vientre, sus muslos, su centro, para satisfacer una voluntad tan furiosamente ambiciosa que casi la partió en dos, la lastimó, la rasgó. Al terminar, Malinalli no quiso mirarlo a los ojos, salió del palacio y se lavó en uno de los canales. Después esperó a que fuera medianoche para poder subir sin ser vista al templo de Huitzilopochtli. Escaló sus ciento catorce escalones de un jalón. Sin detenerse a tomar aire. Le urgía confesarse y hacer penitencia. Sentía que sin querer había pecado. Que no era normal lo que había sentido y que no era el amor que forma parte de la energía renovadora de la vida lo que ella había recibido en su vientre.

Malinalli sentía que no merecía ese trato. Nunca antes se había sentido tan humillada. ¿Era ése el digno comportamiento de los dioses? No. Lo peor era que no podía decirle a Moctezuma que había cometido un error. Que los españoles no eran quienes él pensaba, que no se merecían gobernar esa gran ciudad, que no iban a saber qué hacer con ella. Los días siguientes le confirmaron sus sospechas. Cortés se dedicó a robar —porque no se podía decir de otra manera— todo lo que pudo.

Los excelentes trabajos de oro y piedras preciosas fueron en su mayoría desbaratados; los más hermosos tesoros de las artes decorativas fueron destrozados para arrancarles el oro que contenían. Los maravillosos penachos del arte plumario se arrumbaron y, con el tiempo, algunos se deshicieron o fueron comidos por las polillas.

Ante esto, a Malinalli le surgió una necesidad de salvar, de proteger, de evitar una terrible destrucción. No sabía de qué ni cómo hacerlo, pero de pronto le parecía que ella y toda su cultura corrían peligro. Y tal vez por esa misma razón comenzó a valorar cosas que antes le pasaban desapercibidas. Su sensibilidad estaba a flor de piel y la belleza y monumentalidad de la ciudad la mantenían en un estado de enamoramiento. Se despertaba con la ilusión de verla y recorrerla, de atravesarla en canoa o a pie, de estar en ella, con ella y para ella. Constantemente buscaba momentos para estar sola y recorrer la ciudad a su antojo.

El lugar que más le atraía era el mercado de Tlatelolco. Esa enorme plaza y la multitud de personas que en ella había intercambiando productos generaban un rumor similar al de un panal de abejas. El zumbido de las voces resonaba a más de una legua de distancia. Varios de los soldados de Cortés habían estado en muchas partes del mundo, en Constantinopla, en toda Italia y Roma, y dijeron que «plaza tan bien compasada y con tanto concierto y tamaño y llena de tanta gente no habían visto».

La primera vez que Malinalli visitó el mercado de Tlatelolco fue en compañía de Cortés, pero como iba en calidad de «la lengua», no pudo disfrutarlo. Sus pies quisieron detenerse infinidad de veces en alguno de los tantos puestos de frutas para comprar una, para comerla, para saborearla, pero no pudo. Tuvo que seguir el paso de su amo, así que al día siguiente, aprovechando que su señor iba a tener una reunión con sus capitanes, pidió autorización para salir y entonces fue que pudo recorrerla como deseaba: despacito, para así verlo todo, tocarlo todo, saborearlo todo.

No cabía en sí de gusto. Descubrió nuevas aves, nuevas frutas, nuevas plantas. Todo la seducía, todo la alegraba, todo estimulaba su mente y no paraba de imaginar lo que podría hacer con las plumas y los metales preciosos, lo que podría teñir con la grana cochinilla, lo que podría tejer con aquellas madejas de algodón. En uno de los puestos, hizo el trueque de un grano de cacao por un puñado de sus anhelados chapulines y se fue dando rienda suelta a su antojo, mientras caminaba por el mercado del imperio. Agradeció a los dioses haber sobrevivido al frío de los volcanes para ver y gozar de esa gran ciudad, de ese monumental mercado.

Ahí se intercambiaban todo tipo de productos provenientes de los diferentes rumbos de las diferentes regiones dominadas por los mexicas. Los mercaderes que recorrían las rutas comerciales con su pesada carga inevitablemente convergían en el mercado de Tlatelolco.

Malinalli en ese momento era testigo del desarrollo comercial alcanzado en el reinado de Moctezuma. De pronto, Malinalli se detuvo, su boca se secó, su estómago se revolvió y la diversión se acabó momentáneamente. El olor mezclado de las madejas de pelo de conejo y las plumas de quetzal, con el que despedían las hojas de chipilín, de hoja santa, los huevos de tortuga, la yuca, el camote con miel de abeja y la vainilla la hicieron recordar de golpe el momento más triste de su infancia. El del día en que su madre la había regalado a unos mercaderes de Xicalango.

Malinalli había sido puesta a la venta como esclava precisamente en medio de todos esos aromas. Su pequeño cuerpo aterrorizado no se atrevía a moverse. Sus grandes y acuosos ojos fijaron su atención en el puesto donde vendían cuchillos de obsidiana mientras escuchaba lo que ofrecían por su persona unos comerciantes mayas que habían llegado al mercado de Xicalango a vender unos tarros de miel. Le dolió recordar que ofrecieron mucho más por unas plumas de quetzal que por ella. Esa parte de su pasado le molestaba tanto que decidió borrarla de un plumazo. Decidió pintar en su cabeza un nuevo códice en el cual ella aparecía como compradora y no como un objeto en venta. A pesar de ese desagradable recuerdo, el mercado siguió siendo su lugar preferido para visitar. Sólo evitaba acercarse a los puestos en donde se vendían esclavos o conectarse con el recuerdo y asunto acabado.

Tlatelolco era el corazón del imperio. Sus venas, las rutas comerciales por las que circulaban los más ricos y variados productos y tributos recaudados en todas las provincias sojuzgadas por los mexicas. De cualquier manera, todo fluía hacia el centro, hacia Tenochtitlan, hacia el corazón, hacia el mercado de Tlatelolco. Ese enorme corazón registraba el pulso de los acontecimientos y los reflejaba en todas y cada una de las transacciones que ahí se realizaban.

Ahí supo Malinalli que el precio de las mantas de algodón y de los huipiles había subido porque los tlaxcaltecas, desde que se habían aliado con Cortés, habían roto su pacto de colaboración y habían dejado de dar tributo. Ahí supo de la indignación que provocó en la población el hecho de que Cortés no sólo hubiera sido recibido como gran señor por parte de Moctezuma sino que le permitiera adueñarse de todos los tesoros del palacio de Axayácatl sin mover un solo dedo. Cortés y sus hombres no sólo habían dispuesto de las joyas de los antiguos gobernantes sino de las del mismo Moctezuma. Su tesoro personal, el que había acumulado en sus años de reinado y que incluía los más bellos trabajos en arte plumario y en oro —en forma de penachos, pectorales, ajorcas, narigueras, tobilleras, rodelas, coronas, bandas para las muñecas y cascabeles de oro para los tobillos—, fue objeto de la rapiña.

En el patio del palacio de Axayácatl, los españoles se dedicaban a arrancar el oro de los finos trabajos de pluma y los fundían en lingotes. Al finalizar el día, el patio del palacio parecía un gallinero donde habían desplumado aves preciosas. Volaban plumas por el aire, huérfanas de arte. Volaban por todos lados junto con los sueños de quienes las habían imaginado, quienes las habían elaborado. Algunos sirvientes respetuosamente las recuperaban y al día siguiente las llevaban al mercado para venderlas como las plumas que pertenecieron a uno de los penachos —de Moctezuma, de su padre, Axayácatl, o de cualquier otro rey—; la gente las compraba y las valoraba, pero al hacerlo su indignación crecía y crecía, junto con el precio de los cuchillos y flechas de obsidiana.

Ahí, en el mercado, Malinalli palpó la inconformidad de los orgullosos tenochcas que no entendían, que no se explicaban cómo era posible que el emperador Moctezuma, el gran señor, no pudiera controlar la enfermedad del oro que aquejaba a los extranjeros. Los comentarios, cuchicheos y exclamaciones de enojo subieron de tono dramáticamente el día en que los españoles tomaron como rehén a Moctezuma, a manera de represalia por la muerte que cuatro de sus compañeros sufrieron a manos de Quauhpopocatzin, el señor de Nauhtlan, quien quiso demostrar que los extranjeros no eran dioses, que morían como cualquiera de ellos, pero con menos honor. Ese día, las flechas de obsidiana, las macanas y los escudos se pusieron a la alza. Los tenochcas se preparaban para la guerra.

El mercado, como corazón, como ente viviente, tenía vida propia: dormía, despertaba, hablaba, amaba, odiaba. Si despertaba con ánimos de guerra, se le sentía enfurecido, grosero, violento. Si, por el contrario, despertaba en paz, se le escuchaba alegre, risueño, danzante. Los cambios podían darse de un día para otro, y a partir de que Cortés apresó a Moctezuma, el mercado entró en un juego vertiginoso de acontecimientos. Cuando en una ceremonia Moctezuma juró obediencia al rey Carlos y aceptó su soberanía sobre la nación mexicana, el mercado explotó en injurias, hubo llantos de rabia y dolor. Cuando Cortés prohibió los sacrificios humanos y en un acto de violencia subió al templo de Huitzilopochtli, se enfrentó con los sacerdotes que lo custodiaban, los venció y luego, con la ayuda de una barra de hierro, golpeó la máscara de oro que cubría la cabeza del ídolo y lo destrozó, colocando en su lugar una imagen de la Virgen María, el mercado mostró todos los rostros de la indignación.

Los puestos donde vendían pellas de copal fueron de los más visitados. Todo el mundo quiso comprar incienso para realizar en sus hogares una ceremonia de desagravio. El mercado respiraba odio, pero a los pocos días recuperó la tranquilidad. Cortés, para calmar los ánimos, autorizó que se llevara a cabo la fiesta de Toxcatl, la celebración mayor que el pueblo mexica realizaba año tras año en honor de su dios Huitzilopochtli. El mercado de inmediato suspiró y se relajó. Los preparativos para la celebración de la fiesta comenzaron. El amaranto, que servía para elaborar las esculturas comibles de dios, subió por los cielos, lo mismo que las plumas de colibrí que se utilizaban para decorarlo. La deidad solar de los mexicas, Huitzilopochtli, había nacido de una pluma que se depositó en el vientre de la señora Coatlicue, su madre, y por esta razón se le representaba con las más bellas plumas.

Malinalli también estaba entusiasmada con la fiesta. Era la primera vez que la iba a poder presenciar.

Lo que más la atraía era que Cortés había prohibido los sacrificios humanos durante la celebración, así que no habría espectáculos de sangre. Había oído que se trataba de una ceremonia imponente en la que participaban todos los nobles y grandes guerreros. Ejecutaban la danza del culebreo frente al Templo Mayor como una invocación a la energía de Coatlicue, la madre de Huitzilopochtli. Tras muchas horas de danza, los danzantes entraban en una especie de trance, de exaltación del espíritu, por medio de la cual se ponían en comunión con las fuerzas generadoras de la vida y, así, la danza se realizaba en dos planos: se danzaba en la tierra y en el cielo. La serpiente danzaba y volaba.

Malinalli consideraba un privilegio poder observar la celebración. Le gustaba estar en la gran Tenochtitlan, ser parte de ella. A veces, cuando regresaba del mercado no podía evitar pensar en lo diferente que habría sido su destino si en vez de haber sido regalada a los mercaderes de Xicalango, la hubieran destinado al servicio de Moctezuma: le habría encantado ser una de sus cocineras. Tener el privilegio de preparar para él uno de los más de trescientos platillos que día con día se cocinaban en su palacio. Seducirlo con sus artes culinarias de tal manera que en vez de probar su platillo y desecharlo para que sus súbditos se alimentaran de él, se viera obligado a comerlo todo, cautivado por la mezcla de sabores.

También hubiera sido muy interesante ser una de las artesanas que imaginaban joyas para él, que jugaban con los metales, que derretían el oro y la plata para convertirlos en tobilleras, brazaletes, orejeras y nariceras. Aunque pensándolo bien, el arte plumario hubiera sido, aparte de un honor, su actividad predilecta. Fabricar las capas y los penachos que el gran señor iba a usar cuando presidiera alguna ceremonia en el Templo Mayor. ¡Hacer que las plumas —esas sombras de los dioses— se convirtieran en soles que deslumbraran al mismo sol, al señor Huitzilopochtli!

Malinalli decidió entonces ponerle a uno de sus huipiles un bordado de plumas especial para la ocasión. Se dirigió al puesto donde vendían plumas preciosas cuando vio que la gente se arremolinaba en torno a un hombre. Se trataba de uno de los tantos corredores que llegaban desde la costa trayendo el pescado fresco para la mesa de Moctezuma. A gritos, informaba a todos que habían llegado unos barcos con otros españoles que decían venir en busca de Cortés.

Malinalli se enteró así, antes que Cortés, de la llegada de Pánfilo de Narváez.

****

Pánfilo llegaba en mal momento, la situación política era muy delicada. Sin embargo, Cortés no tenía otra alternativa que detenerlo, atajarlo, impedir que lo apresara y lo colgara acusado de insurrección por haber desobedecido a Diego Velázquez, gobernador de Cuba, quien había enviado a Cortés en un viaje de exploración y no de conquista.

Antes de irse a combatir a Narváez, Cortés dejó a Pedro de Alvarado a cargo de la ciudad. Cuando Cortés le informó a Malinalli que tenían que abandonar la ciudad para ir a combatir a Pánfilo de Narváez, ella se disgustó sobremanera. Muchas veces en su vida había tenido que abandonar lo que más quería o más le gustaba. Partir de cero para comenzar una y otra vez a crear un mundo nuevo. Abandonarlo todo para tenerlo todo. Pero al llegar a Tenochtitlan pensó que su peregrinaje había concluido. Que por fin podría echar raíces, así, tranquilamente, sin ruido y sin tumulto. En paz. No contaba con que las cosas se iban a complicar a grados inimaginables.

Cortés salió de Tenochtitlan rumbo a Cempoallan, donde Narváez se había establecido. Al llegar, se enteró de que Narváez se encontraba parapetado en el templo mayor del lugar. Como Cortés conocía bien la zona, decidió atacar por la noche, cuando menos lo esperaran. Una lluvia tropical pareció que lo iba a hacer cambiar de planes, pero sucedió todo lo contrario. Decidió atacar como la lluvia, inesperada e intempestivamente. Envió a ochenta hombres hacia el Templo Mayor y dejó al resto de la armada, a Malinalli, a los caballos y las provisiones en las afueras de Cempoallan.

Para Malinalli, aquélla fue una noche tormentosa en todos los sentidos. Ese día había comenzado a menstruar, los caballos lo sentían y se mostraban inquietos. Se tuvo que alejar de ellos y de los hombres para limpiar sus ropas manchadas de sangre y evitar que los caballos se alebrestaran. Malinalli pensaba que era más bien la luna y no el sol la que se alimentaba de sangre y que lo hacía de la sangre de todas las mujeres que menstruaban, porque había observado que siempre que menstruaba, había luna llena y fue así como comprendió que el ritmo lunar era exactamente igual que su ritmo menstrual. La luz de la luna expandía la sangre en sus espacios íntimos. La luz de la luna —la luz que esa noche iba a alumbrar el triunfo o la tragedia, la plenitud o la derrota, el éxtasis o la muerte—, la luz plateada que provocaba que el mar se extendiera, que todos los líquidos del cuerpo adquirieran sentido y cantaran un himno sangrante para inaugurar de nuevo la vida, para regenerarla, era la única que podía convertirse en su aliada.

Ofrendó su sangre a la luna para que esa noche estuviera del lado de Cortés, a pesar de estar oculta en una manta de nubes grises. No quería ni siquiera imaginar lo que pasaría con ella si resultaba vencido. Al parecer la luna la había escuchado y recibido su ofrenda. Había contemplado el éxtasis de sus líquidos y respondido favorablemente. Esa noche de mayo, Cortés tomó a Narváez por sorpresa y lo derrotó contundentemente a pesar de haber atacado con menos de trescientos hombres contra los ochocientos que Narváez comandaba, la mayoría de los cuales, después de la batalla, se unieron a Cortés, deslumbrados por las historias que habían escuchado acerca de que en Tenochtitlan abundaba el oro para todos.

Sin embargo, Cortés no tuvo tiempo para celebrar la victoria pues le llegaron informes de que los mexicas se habían sublevado en Tenochtitlan, debido a que Pedro de Alvarado había llevado a cabo una masacre en el Templo Mayor.

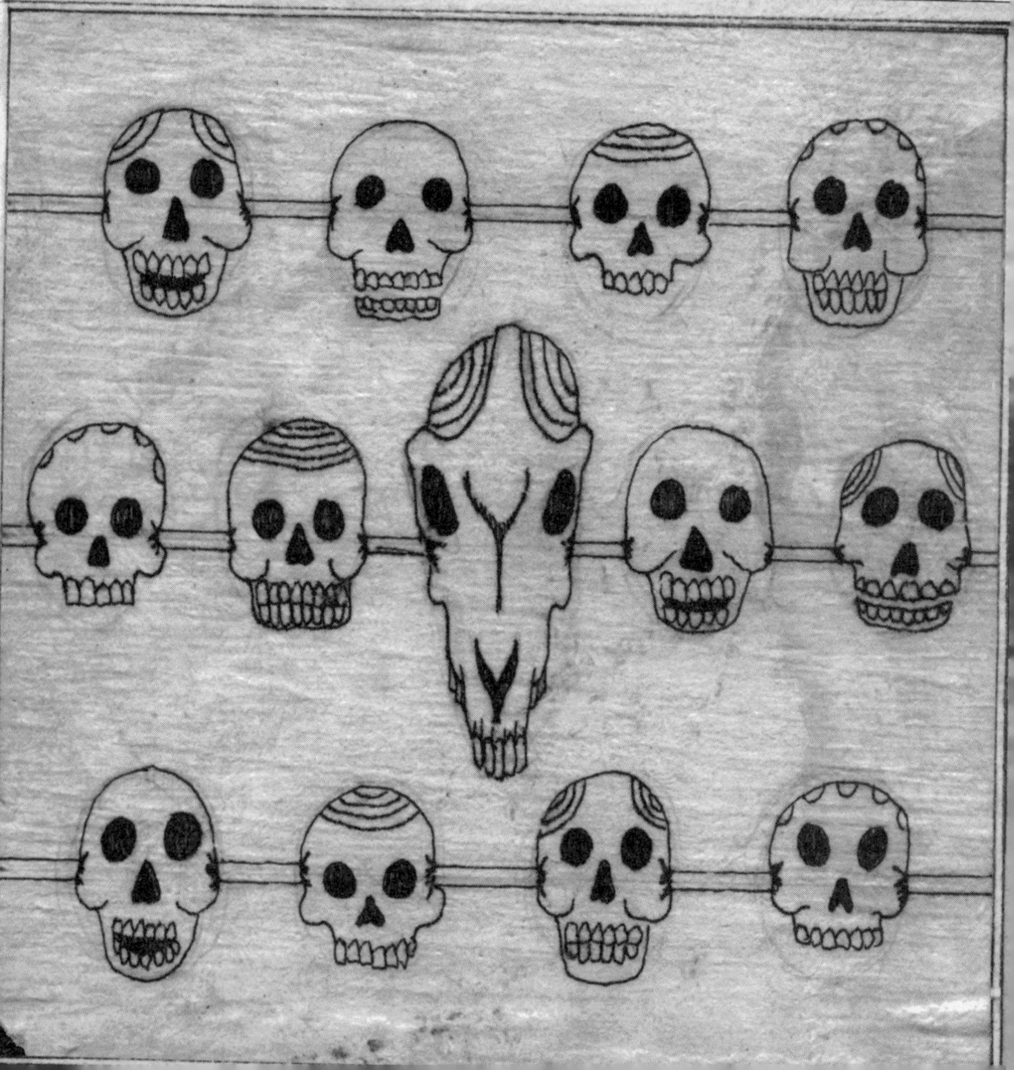

Siete

A partir de esa noche y por muchas noches más, Malinalli no pudo conciliar el sueño.

La atormentaban las imágenes de una matanza que no había visto. Desde niña, había desarrollado una técnica para conciliar el sueño que consistía en cerrar los ojos y pintar un códice utilizando la imaginación. Cuando en su mente empezaban a aparecer rostros, figuras, glifos, signos, sabía que ya se encontraba en el mundo de los sueños, en el universo fantástico que le pertenecía únicamente a ella. Ese sitio era el lugar de encuentro con sus pensamientos más luminosos, pero también con el de los más aterrorizadores. Ése era el caso después de haber escuchado la narración de lo que había sucedido en Tenochtitlan en su ausencia. Las imágenes que venían a su cabeza en cuanto cerraba sus párpados eran las de cabezas, piernas, brazos, narices y orejas volando por los aires. No había presenciado la matanza del Templo Mayor, pero tenía como antecedente la de Cholula, así que con toda claridad, su cerebro reproducía el sonido de la carne desgarrada, de los gritos, los lamentos, las detonaciones de los arcabuces, las carreras, los sonidos de los cascabeles mientras los pies huían, tratando de escalar los muros. Malinalli sentía en el centro de su cuerpo un estremecimiento y abría los ojos. Esto sucedía varias veces hasta que, agotada, el sueño la vencía.

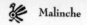

Cuando esto pasaba, venía la peor parte. Un sueño repetitivo le aprisionaba la mente. Al inicio de la pesadilla, Malinalli era una mariposa sostenida por el viento, que observaba desde las alturas cómo danzaban los nobles y guerreros mexicas. Los veía entregados a la danza, concentrados, entrando en un estado de exaltación religiosa. Del centro del círculo en el que bailaban salía un poste de luz que unía el cielo con la tierra y desparramaba sobre los danzantes una poderosa luz amarilla que iluminaba los cuerpos adornados con sus mejores atavíos, sus mejores plumas, sus mejores pieles, pero de pronto, una lluvia de balas caía sobre ellos, les perforaba el pecho, sus corazones sangrantes se volvían de piedra y se elevaban al cielo. Malinalli, dentro de su pesadilla, se decía a sí misma:

—Los corazones de piedra también vuelan.

Al decir esto, veía una imagen fascinante y aterrorizadora que distraía su mirada: el cuerpo mutilado de la diosa Coyolxauhqui, tallado en piedra, la hermana del dios Huitzilopochtli que murió hecha pedazos cuando trató de impedir que su hermano naciera del vientre de Coatlicue, su madre, tomaba vida. Dejaba su inmovilidad para moverse y buscar unir sus partes mutiladas. Los fragmentos de las piernas y de los brazos que estaban separados se unían nuevamente al tronco y la piedra se volvía carne de tal modo que dejaba de ser escultura de piedra para volverse carne viva. Malinalli entonces hablaba nuevamente para sí misma:

—Cuando la piedra se vuelve carne, el corazón se vuelve piedra.

Como si los hubiera llamado, algunos de los corazones de piedra se le acercaban al rostro y estallaban en mil pedazos, escupiendo chorros de sangre; otros se desplomaban como granizo de piedra y varios de ellos golpeaban a Moctezuma, lo sepultaban. Las alas de mariposa de Malinalli se bañaban de sangre, se volvían pesadas y ella, incapacitada para volar, caía estrepitosamente al piso. Malinalli, entonces, convertida en una más de los danzantes, trataba de huir de los escopetazos y de la lluvia de corazones de piedra, pisando cuerpos desmembrados y escalando los muros, pero la sangre que escurría por las piedras lo hacían imposible. Sus pies y sus manos resbalaban y provocaban su caída. En ese momento, quería gritar, pedir ayuda al cielo, pero la voz no salía de su garganta; al girar su rostro, miraba cómo una lluvia de corazones de piedra caían sobre Moctezuma y lo dejaba sepultado bajo ellas; enseguida, una lluvia de espadas se dirigía al pecho de Malinalli y se encajaban en su corazón perforándolo en miles de sitios por los que comenzaban a escapar plumas preciosas ensangrentadas. En este punto, Malinalli abría los ojos con la respiración agitada y los ojos llenos de agua.

De nada le servía abrir los ojos. La pesadilla continuaba. Malinalli caminaba y no caminaba. Veía y no veía. Hablaba y no hablaba. Estaba y no estaba. Vivía los dramáticos acontecimientos que sucedieron a la matanza sin verlos, sin oírlos, sin registrarlos en su memoria. No tenía espacio en la mente para el presente, pues las imágenes del pasado, las imágenes del horror, lo ocupaban todo.

Como en sueños vivió el regreso a Tenochtitlan. Regresaron por el lago de Texcoco. La canoa en la que venía se deslizaba suavemente por las aguas. Esta vez no hubo recibimiento, no hubo escolta de nobles esperándolos, todos estaban muertos. Había pasado un mes de la matanza del Templo Mayor y aún podía percibirse el olor a muerte en el ambiente.

Conforme se adentraban a la ciudad, el corazón de Malinalli aceleraba sus latidos y hacía correr dolor por sus venas. Para evitarlo, cerraba los ojos y procuraba no pensar en nada. No quería ver los signos del desastre.

Al llegar al palacio de Axayácatl, Cortés se reunió de inmediato con Pedro de Alvarado para pedirle explicaciones. Lo había dejado al mando porque pensaba que podía manejar perfectamente a los tenochcas, quienes veían en él a una representación de Tonatiuh, la deidad solar. Cuando se dirigían a él no lo hacían por su nombre sino por el de «Sol». Pero Cortés no contaba con que la responsabilidad que le dejaba iba a resultar superior a él. El miedo a perder el control lo empujó a organizar la matanza.

Era verdad que desde que los españoles habían llegado a Tenochtitlan, los orgullosos tenochcas los miraban con recelo. No entendían la conducta de su gobernante. Moctezuma, como monarca, se había caracterizado por su valentía, su sabiduría, su enorme religiosidad y la firmeza con su mano dura para controlar el imperio. Ante los españoles, en cambio, se mostraba débil y sumiso, por lo que los tenochcas no salían de su asombro.

La gente en las calles se preguntaba si Moctezuma había perdido la razón, si Tenochtitlan se encontraba sin cabeza, sin dirigente y no tardó en aparecer un movimiento de resistencia encabezado por los señores Cacama, de Tezcoco, Cuitláhuac, de Iztapalapa, y Cuauhtémoc, el hijo de Ahuizotl.

Desde ese punto de vista, resultaba lógico que Pedro de Alvarado, ante el temor de una insurrección que no pudiera controlar con los pocos hombres que le habían dejado, decidiera asesinar a los mejores guerreros y los nobles más destacados que participarían en la celebración.

La matanza provocó la tan temida insurrección. Cortés le pidió a Moctezuma que le hablara a su pueblo desde la azotea del palacio para que se apaciguara. Pero el gobernante no fue bien recibido por su gente. Los tenochcas, exaltados, le lanzaron insultos y piedras. Moctezuma recibió tres pedradas. Los españoles dijeron que éstas fueron la causa de su muerte, pero según los testimonios de los indígenas, fue asesinado por los propios españoles.

Malinalli no entró en el juego de explicaciones. No dijo nada. El impacto de haber sido la última en mirar a los ojos del emperador antes de que se lo llevaran a sus habitaciones la mantuvo viviendo en un tiempo que no era ese tiempo. Se preguntaba si su pesadilla era parte de la realidad o la realidad parte de la pesadilla. Y ella, ¿en dónde estaba? Aún sin saberlo, vio cómo los mexicas eligieron como nuevo emperador a Cuitláhuac, el hermano de Moctezuma, quien de inmediato organizó a su gente para enfrentar a Cortés y sus hombres. Lo hizo tan bien que obligó a los españoles a iniciar la retirada. Trataron de huir por la noche, cuando la ciudad estuviera en calma y así poder llevarse con ellos el gran tesoro que habían acumulado.

El único momento en que Malinalli reaccionó y se instaló en el presente fue cuando estaban huyendo. Los tenochcas venían tras ellos. Una de sus flechas hirió al caballo que siempre había sido su aliado, el que había estado con ella en su bautizo, en la matanza de Cholula, en el combate contra Pánfilo de Narváez, su amigo eterno e incondicional. Cuando Malinalli lo vio caer herido, el tiempo se detuvo. Los sonidos de la batalla se congelaron en el aire. Ya no escuchó nada. Todo lo que la rodeaba desapareció del campo de su mirada. Sólo el caballo existía, sólo el caballo moría. Malinalli sintió un dolor profundo. No quiso dejarlo ahí tirado, agonizando; no quería que fuera alimento para los gusanos. Se abrazó a él. En sus ojos vio el miedo, el dolor, el sufrimiento. De inmediato los relacionó con los ojos que Moctezuma tenía cuando cayó herido por las piedras. Había bondad en esos ojos. Había grandeza. Había señorío. Malinalli tomó con fuerza la macana con la que combatía a los tenochcas y le asestó al caballo un golpe mortal en la cabeza. Luego sacó de sus ropas un cuchillo y en un acto de locura procedió a cortarle la cabeza. Quería llevarla con ella, quería hacerle los honores que se merecía.

Estaba tan enfrascada en su labor, que perdió de vista que estaban huyendo, que la batalla seguía, que su vida corría peligro. Juan Jaramillo fue el que se dio cuenta de que un tenochca tomaba a Malinalli por el cabello con la intención de degollarla. Jaramillo disparó su arcabuz contra él y lo mató, luego corrió, tomó a Malinalli, quien aún no terminaba de cortar la cabeza del caballo, y la arrastró a la fuerza hasta las afueras de la ciudad, donde se sentaron a llorar su derrota. Malinalli, nuevamente ausente, permaneció recargada en el hombro que Jaramillo le ofrecía. Había mostrado gran fuerza y valentía esa noche.

Malinalli lamentaba no haber podido llevarse con ella la cabeza del caballo; Cortés, todo su tesoro.

Cortés, derrotado, se refugió en Tlaxcala, donde se recuperó y reunió nuevas fuerzas. Mientras tanto, una epidemia de viruela negra, portada por los esclavos cubanos que venían con los españoles, hizo estragos en la población. Una de las víctimas fue el mismo Cuitláhuac, quien falleció por esta causa.

Entonces subió al trono el joven Cuauhtémoc. Una de sus primeras acciones fue mandar ejecutar a seis hijos de Moctezuma que intentaban someterse a los españoles. A pesar de la epidemia, dio órdenes y tomó medidas para la defensa de la ciudad. Sabía que Cortés, apoyado por los tlaxcaltecas, planeaba un nuevo asalto a Tenochtitlan.

Cortés hizo construir trece bergantines para controlar la ciudad desde los lagos que la rodeaban. Se le unieron guerreros de Cholula, Huexotzingo y Chalco. Según sus propios cálculos, logró juntar más de setenta y cinco mil hombres.

Cuauhtémoc enfrentó la llegada atacando a los españoles cuando transitaban por las calles desde las azoteas de las casas. Cortés ordenó que se destruyeran las casas y así se dio inicio a la destrucción de la ciudad.

En una de sus acciones, Cortés consiguió llegar al Templo Mayor, pero los mexicas los atacaron por la retaguardia logrando capturar a más de cincuenta soldados españoles vivos. Esa noche, desde sus campamentos, los españoles escucharon los cantos de victoria y supieron que los soldados capturados habían sido sacrificados en el propio Templo Mayor.

Cortés decidió sitiar la ciudad, interviniendo las calzadas que la unían con tierra firme, mientras con los bergantines y las canoas de los aliados controlaba el acceso por agua. De la misma manera, hizo destruir los acueductos de Chapultepec, los cuales surtían de agua dulce a Tenochtitlan.

La intención, desde luego, era hacerlos rendir por sed y hambre.

Los tenochcas resistían en Tlatelolco. Fue en el mercado, en el corazón del imperio, donde se dio el golpe final a los habitantes de Tenochtitlan. Fueron tantas las muertes a causa de la viruela y el hambre que los españoles pudieron vencerlos finalmente. El día de la caída, mataron y aprehendieron a más de cuarenta mil indígenas. Había una gran gritería y llantos.

Cuauhtémoc trató de huir, pero fue apresado y conducido a Cortés y, una vez en su presencia, dijo:

—Señor Malinche, ya he hecho lo que estoy obligado a hacer en defensa de mi ciudad y de los vasallos y no puedo más, y pues vengo por fuerza y preso ante tu persona y poder; toma ese puñal que tienes en el cinto y mátame luego con él.

Cortés no lo mató; lo tomó prisionero y le quemó los pies para que confesara en dónde estaba oculto el oro. Tanto el que suponía que escondían como el que había perdido la tropa en la huida de la Noche Triste.

Cuando Cortés se fue a las Hibueras, lo llevó con él, y un tlatelolca que iba en la expedición acusó a Cuauhtémoc de estar planeando una sublevación en contra de Cortés. Cortés, después de bautizarlo con el nombre de Fernando, los mandó colgar de una gran ceiba, el árbol sagrado de los mayas, en un lugar de Tabasco.

****

No había viento. El sol se había ocultado entre nubes grises, espesas, tristes. Parecía una luna apagada, debilitada, que se esforzaba por permanecer en el cielo entre el humo que se elevaba sobre las piras donde quemaban cadáveres. Se le podía ver sin que sus rayos lastimaran la vista. Había perdido su brillo y, con ello, la capacidad de verse reflejado en los lagos y canales del valle del Anáhuac, cuyas aguas oscuras, confusas, estaban teñidas de sangre.

El jardín zoológico en el palacio de Moctezuma estaba vacío. No había animales. No quedaba nada de la belleza y señorío de su imperio.

En los anafres ya no se cocinaban los acostumbrados cientos de platillos para Moctezuma

Los artesanos que elaboraban las joyas, las ropas del emperador estaban muertos o habían salido huyendo.

El silencio era interrumpido por los lamentos, por los llantos de Cihuacóatl/Tonantzin, la mujer culebra, «nuestra madre».

Y la consigna de Cuauhtémoc se pasaba de boca en boca con murmullos:

—Hoy nuestro sol se ha ocultado, nuestro sol se ha escondido y nos ha dejado en la más completa oscuridad. Sabemos que volverá a salir para alumbrarnos de nuevo. Pero mientras permanezca oculto allá en el Mictlan, debemos unirnos en esta larga noche de este nuestro sol de conciencia que es el quinto sol, y lo haremos ocultando en nuestros corazones todo lo que amamos: nuestra manera de dialogar y criar a nuestros hijos, nuestra manera de convivir y organizarnos, que es ayudándonos los unos a los otros.

»Ocultemos nuestros teocaltin (templos), nuestros calmecameh (escuelas de altos estudios), nuestros tlachcohuan (juegos de pelota), nuestros telpochcaltin (escuelas para jóvenes) y nuestros cuicacaltin (casas de canto) y dejemos las calles desiertas para encerrarnos en nuestros hogares.

»De hoy en adelante, nuestros hogares serán nuestros teocaltin, nuestros calmecameh, nuestros tlachcohuan, nuestros telpochcaltin y nuestros cuicacaltin.

»De hoy en adelante, hasta que salga el nuevo sol, los padres y las madres serán los maestros y los guías que lleven de la mano a sus hijos mientras vivan. Que los padres y las madres no olviden decir a sus hijos lo que ha sido hasta hoy el Anáhuac al amparo de nuestro señor del cerca y del junto, nuestro señor Ometeotl-Ometecuhtli, y como resultado de las costumbres y de las enseñanzas que nuestros mayores inculcaron a nuestros padres y que con tanto empeño éstos inculcaron en nosotros. Tampoco olviden decir a sus hijos lo que un día deberá ser este Anáhuac para todos nosotros. Después de esta larga noche surgirá el sexto sol que será un sol de justicia».

Malinalli se preguntaba qué era lo que había hecho mal. ¿En qué había fallado? ¿Por qué no se le había otorgado el privilegio de ayudar a su gente? Así como Cortés había sido la respuesta a los miedos de Moctezuma y el oro obtenido, a la ambición de Cortés, a ella le hubiera gustado saber a qué deseo correspondía la destrucción de Tenochtitlan. ¿Al deseo de los tlaxcaltecas? ¿Al deseo de los dioses? ¿A una necesidad del universo? ¿A un ciclo de vida y muerte? Lo ignoraba por completo. Lo único que tenía claro era que ella no había podido salvar nada.

Malinalli pensaba en su abuela, en lo afortunada que había sido al no ver la destrucción de su mundo, de sus dioses. Estaba confundida. Se sentía culpable y responsable de lo acontecido. Para justificarse, pensaba que tal vez lo que estaba muriendo no estaba muriendo, que era cierto que durante los sacrificios humanos lo único que moría sobre la piedra era el cuerpo, el cascarón, pero a cambio de la liberación del espíritu. Que la vida de los sacrificados les pertenecía a los dioses y a ellos regresaba cuando los sacrificaban; que los sacerdotes no destruían nada, pues la vida que liberaban de la prisión del cuerpo seguía su destino en los cielos para alimentar al sol. Su tranquilidad emocional dependía de que ella aceptara todo esto como cierto, pero ella estaba y no estaba de acuerdo, creía y no creía. Si observaba a su alrededor, todo le hablaba de un eterno ciclo de vida y muerte.

Las flores morían y se convertían en abono de otras. Los peces, las aves, las plantas se alimentaban unos a otros. Sí, pero ella estaba convencida de que Quetzalcóatl había venido a este mundo a afirmar que los dioses no se alimentaban de la sangre de los sacrificados sino de sus intenciones y sus pensamientos. Que el sueño de los hombres era el aprendizaje de los dioses y que el aprendizaje de los hombres era el pensamiento eterno de los dioses. Y que los dioses se alimentaban de su misma esencia, o sea, del alma de lo que habían creado. Pero ella no creía necesario que fuese a través de la muerte física, sino por medio de la palabra. Cuando uno oraba, cuando uno nombraba a sus dioses, los alimentaba, los honraba, les devolvía la vida que a su vez ellos nos habían dado al nacer. Los guerreros creían que el cuerpo es lo que mantiene prisionera al alma. El que controla un cuerpo, se adueña del espíritu que lo alberga. Ésa fue una de las creencias que habían actuado en contra de los mexicas. En sus primeros enfrentamientos con los españoles, se sorprendieron al ver que la intención era la aniquilación del enemigo y no su captura. Su enorme aparato de guerra funcionaba de manera completamente opuesta. Los mexicas creían que un buen guerrero debía aprisionar a su enemigo. Si lo conseguía, se convertía en una especie de dios, pues el control del cuerpo le daba acceso al control del espíritu. Por eso no mataban en el campo de batalla sino que tomaban prisioneros. Si mataban a su enemigo, liberaban automáticamente su espíritu y eso constituía una derrota, no un triunfo. Capturarlos para luego sacrificarlos ante sus dioses le daba sentido a la muerte.

Malinalli estaba de acuerdo sólo en el sentido de que la vida no se defendía luchando por salvar un cuerpo de la muerte, sino su espíritu. Sólo si la idea de la muerte no existía, ella podía comprender la eternidad, y desde ese punto de vista no había actuado mal. Lo único que había pretendido había sido salvar el espíritu de Quetzalcóatl, que los mexicas habían mantenido aprisionado tanto tiempo al realizar sacrificios humanos. Liberarlo de sus captores, para permitirle purificarse y renacer entre los hombres, completamente renovado, pero ¿quién era ella para tan alta pretensión? ¿En verdad podía decidir qué era lo que debía vivir y qué era lo que debía morir? Al menos estaba segura de que en su interior sí, y ahí el espíritu de Quetzalcóatl estaba más vivo que nunca. Los españoles no lo podían destruir porque ni siquiera lo alcanzaban a percibir. Sólo habían arrasado con aquello que veían, que tocaban. Lo demás estaba intacto.

****

Malinalli bordaba plumas a una capa que había elaborado para su hijo. La había fabricado con plumas que había salvado del palacio de Moctezuma, con hilo de algodón que había encontrado tirado en lo que había sido el mercado de Tlatelolco, con piedras de jade y conchas marinas que Cortés le había regalado, pues para él no tenían valor alguno. Era la capa de un príncipe. Así quería Malinalli que luciera el día de su bautizo.

Había nacido una semana antes, en la casa de Coyoacan, donde habitaba con Cortés. Lo tuvo como su madre la parió a ella, en cuclillas. Sólo que para ella no hubo baño de temascal, ni partera, ni ceremonia de enterramiento del cordón umbilical en el campo de batalla para que ese niño llegara a ser un guerrero. A Malinalli le pareció bien. No quería que su hijo matara. Estaba cansada de ver muertos. Los ojos de Cortés también estaban hartos de mirar tanta muerte, tantos cuerpos mutilados, tanta destrucción. Sus brazos estaban cansados de empuñar la espada, de cortar, de separar. Por eso, meses atrás, se habían ido a vivir a Coyoacan y buscaron tomar un descanso. A ambos les urgía ese descanso.

No obstante, Cortés no era hombre que pudiera vivir en reposo. Si no estaba planeando estrategias de ataque y defensa, sentía que se le iba el tiempo de las manos. Lo peor era que, en cuanto tenía tiempo para pensar en sí mismo, los sentimientos de culpa lo atacaban. No sabía si había sido lo correcto derruir tanta pirámide, quemar tantos códices. Su justificación era que no le había quedado otra, que lo había hecho defendiendo la vida, pero a veces se preguntaba para qué. Ante sí tenía la oportunidad de crear todo de nuevo. Había destruido todo para crearlo todo. Pero ¿qué? Podía diseñar los planos de la nueva ciudad, repartir tierras, aprobar leyes, pero en el fondo —muy en el fondo— sabía que la vida misma seguía siendo un misterio. No le pertenecía. Él podía destruirla, pero no generarla. Eso hacía la diferencia. En otras palabras, no era un dios.

De pronto, le surgió el deseo de crear una nueva vida y buscó a Malinalli para hacerlo.

Cuando Malinalli se supo embarazada, se sintió plena, feliz. Sabía que en su vientre latía el corazón de un ser que iba a unir dos mundos. La sangre de moros y cristianos, con aquella de los indios, con esa raza pura, sin mezcla.

Durante su embarazo, cuando aún no sabía si daría a luz a un niño o a una niña, se dedicó a tejer mantas de malinalli en telar de cintura. Malinalli trenzaba a malinalli. La «hierba trenzada» preparaba la urdimbre de su tejido, trenzando la hierba.

Ella iba a arropar a su hijo con todo su ser. Lo iba a cubrir como la cáscara que cubría la semilla para revertir el proceso que en su vientre se estaba dando. Malinalli sabía que así como toda planta cumplía el ciclo de la siembra, nacimiento, florecimiento y muerte, siempre yendo de la oscuridad hacia la luz, en su interior estaba germinando una semilla que saldría a la luz. La semilla de una planta, para poder germinar, tiene que despojarse de la piel que la cubre. Se preguntó si por eso los sacerdotes que sacrificaban a los prisioneros los desollaban y luego se ponían la piel. La semilla pierde todo para ganarlo todo. Pierde la cáscara para convertirse en una planta que lo es todo: tierra, agua, sol, viento. Pero cuando su hijo saliera del vientre, ella quería seguirlo arropando y por eso fabricaba las mantas de malinalli.

Cuando el niño nació, Cortés celebró durante tres días. Era su primer hijo varón. Ya tenía en quien perpetuar su nombre, a quién heredar. Pero un pensamiento oscuro empañó su felicidad: había tenido su hijo fuera del matrimonio y, además, lo había tenido con una esclava. Su hijo no sería bien visto en la Corte de España. Su hijo era un mestizo. Para complicar las cosas aún más, llegó a México su esposa, Catalina Xuárez, quien desde el primer día se empeñó en arruinar lo que le restaba de satisfacción a Cortés.

Catalina no había podido darle hijos y estaba terriblemente celosa de Malinalli y su hijo. Cortés, tratando de agradarla, organizó una fiesta de bienvenida. Durante la misma, Catalina persiguió todo el tiempo a Cortés, pero no para gozar de su compañía, sino para seguir discutiendo. El disgusto entre ambos subió tanto de tono que los invitados prefirieron retirarse temprano. Cortés y Catalina siguieron discutiendo en su habitación.

Al día siguiente, mientras Malinalli amamantaba a su hijo, fue informada por una de las sirvientas de que Catalina había amanecido muerta. La había encontrado una mujer de la servidumbre en la cama, vestida con la misma ropa que llevaba en la fiesta. Presentaba moretones en el cuello, tenía el collar de perlas reventado y la cama estaba orinada. El rumor de un posible asesinato corría por todas partes.

A Malinalli una de las cosas que más le impactó fue el hecho de que el collar estuviera roto. Alguien había desconectado a Catalina del collar de la creación.

La noche estrellada infinita observaba a Cortés y Malinalli. Estaban alrededor de una hoguera, rodeados de soldados que comían en silencio. En el campo había varias fogatas encendidas que se reflejaban en las estrellas. Malinalli observaba a Cortés, quien miraba de un lado a otro: ahora al cielo, ahora al fuego, ahora a la tierra. Desde que días atrás lo había observado limpiar su armadura y afilar la espada, supo que un viento de obsidiana la amenazaba. Ella sabía perfectamente cómo era el padre de su hijo. Su sangre se había recreado en sus entrañas. Pensó que siempre lo había conocido, le era tan familiar, tan cercano, que lo aceptaba como parte de su destino, como si él hubiera nacido para penetrar su vientre, como si él hubiera nacido para escuchar su lengua, como si él hubiera nacido para herir su corazón. Al observar la mirada inquieta de Cortés, le fue fácil descubrir en ella una insatisfacción permanente, una decepción constante, como si lo único que pudiera darle satisfacción y placer fuese la acción de conquistar. No los logros obtenidos. No las victorias. No el infinito poder que ya poseía.

«Este hombre es insaciable», se dijo a sí misma. «Parece que lo único que lo despierta a la vida es la muerte. Lo único que lo hace gozar es la sangre. El deseo de destruir, de romper, de rasgar, de transformar.»

Sintió lástima por él y por primera vez tuvo compasión de este hombre obsesivo y terrible. Sintió pena de que no pudiera estar en paz. Iban en camino a las Hibueras, en plan de conquista, y Malinalli temió que si lo lograba, su deseo de conquista crecería y su mente volvería a enloquecer deseando más y más. Pudo imaginar que no tendría descanso jamás.

«¡Qué castigo más espantoso!», concluyó, «porque este hombre es el padre de mi hijo».

En su recorrido hacia las Hibueras, pasaron por el lugar en donde Malinalli había nacido.

Pisar nuevamente el suelo donde había jugado tantas veces con su abuela, donde había sabido del amor incondicional que le profesaba, era una experiencia extraña. Todo aparecía ante su vista disminuido, empequeñecido. Lo que en su recuerdo de infancia era enorme, ahí estaba, pero ahora lo miraba en su justa dimensión.

Muchas veces había pensado en aquel retorno, pero nunca lo hizo. Fue hasta entonces, en compañía de Cortés, que recorrería los pasos andados. Metros antes de llegar, ya el corazón de Malinalli estaba inquieto, encendido de latidos. La sangre se le agolpaba en los ojos y su mirada mostraba la inocencia de una niña y el odio inacabable de alguien que por años guardó un dolor, que por años mantuvo en el fondo del corazón una angustia dormida, una tristeza olvidada, que despertaban precipitadas a medida que Malinalli se acercaba al lugar en el que había sido abandonada por su madre.

Todo el dolor de su infancia aparecía de golpe en todos los poros de su cuerpo. «El destino es exacto y lo que está escrito en las estrellas se cumple» fueron las palabras que Malinalli recordó en el instante mismo que vio de nuevo a su madre. Ahí estaba frente a ella ese fantasma que había aparecido frecuentemente en su memoria pero con diferente forma, con diferente aspecto. Ahí estaba la grandiosa imagen fuerte y poderosa de su madre, ahora agónica, marchita, acabada y triste, con una máscara de humildad. A su lado estaba su hermano. Se vio en el espejo de su mirada y reconoció de inmediato la sensibilidad y el mundo interior de un hombre que se le presentaba como aparece algo largamente anhelado. Él era tan igual a ella, tan parecido a su rostro, a sus latidos, a su respiración. Era como si se viera vuelta hombre. Él, al mirarla, inmediatamente le sonrió. El corazón de Malinalli latía a una velocidad ensordecedora. Sus ojos estaban a punto de llorar. Su emoción era la misma que había sentido la primera vez que se había enamorado, la primera vez que había amado. Le daban ganas de besarlo, de abrazarlo, de acariciarlo. Sin embargo, pudo controlarse y simplemente contestó a su saludo con otra sonrisa. Este universo de percepciones, de diálogos silenciosos, de miradas y de gestos, fue roto por la voz de la madre de Malinalli.

—Hija, ¡qué gusto me da verte! —dijo, al mismo tiempo que extendía su mano para tocarla, para acariciarle el rostro.

Malinalli, evitando el contacto, le respondió:

—Yo no soy tu hija ni te considero mi madre. Ni una caricia ni una palabra amorosa ni un gesto de bondad ni un mundo de protección me brindaste el día que con una crueldad tan exacta y puntual me regalaste. El día que decidiste que fuera esclava y me quitaste la libertad del corazón y la imaginación del pensamiento.

La madre de Malinalli no pudo más y sus ojos derramaron grandes cantidades de lágrimas. Sus labios secos pronunciaron palabras cuyo sonido podría conmover a las piedras, a los corazones más duros.

—Hija mía, Malinalli, por toda la extensión de los mares, por el poder de las estrellas, por la lluvia que todo lo limpia y lo renueva, perdóname. Fui guiada por el deseo, cegada por la vida, atraída hacia lo que respiraba. No podía seguir casada con la muerte. Tu padre murió, estaba inerte, no salía palabra de su lengua, no había brillo en sus ojos. No podía permanecer atada a su inmovilidad, yo era una joven mujer que quería vivir, quería sentir. Perdóname, ignoré lo que tu corazón de niña podía sufrir. Pensé que siendo tan pequeña no tendrías recuerdo de mí, que no sabrías que yo te regalaba y supuse que tu abuela te haría fuerte, que te abriría los ojos, que le daría mirada a tu corazón y a tu pensamiento. Renuncié a ti para ser yo. Perdóname.

Malinalli, conmovida, con el corazón trastocado, estuvo a punto de abrazarla y de curar sus heridas pero se contuvo. Su rencor, el dolor por el abandono, era mucho más fuerte que la súplica de su madre y, conteniendo sus emociones y haciendo alarde de crueldad, le contestó con una frialdad más filosa que el hielo:

—No tengo nada que perdonarte. No puedo perdonar lo que hizo que mi destino fuera mejor que el tuyo. Tú me regalaste pero la fortuna me regaló el poder y la riqueza. Soy mujer del hombre más principal, soy mujer del hombre del nuevo mundo. Tú te quedaste en lo viejo, en el polvo, en lo que ya no existe. Yo, en cambio, soy la nueva ciudad, la nueva creencia, la nueva cultura; yo inventé el mundo en el que ahora estás parada. No te preocupes. Tú no existes en mis códices, hace mucho que te borré.

La madre suplicó de nuevo:

—Es poco castigo el que me otorgas. Acepto que mi abandono fue más violento que tus palabras, pero, por el momento en que tú y yo fuimos una sola vida, por el momento en el que dentro de mi vientre respirabas, por el momento en que mis ojos eran tus ojos y mis manos tu tacto, me atrevo a suplicarte que tengas piedad de nosotros, que no haya violencia para nuestros cuerpos, que nos perdones la vida, que nos regales la vida, señora del Nuevo Mundo.

—Tu miedo me sorprende. Veo que ignoras que morir no es terminar, es continuar, es evolucionar. ¡Mírame! Sobreviví a la muerte que decidiste para mí. Y quiero decirte que no me abandonaste, fuiste tú la que se abandonó a sí misma. Fuiste tú la que se inventó todos los castigos que ahora sufres. Fuiste tú la que hizo la cárcel en la que ahora vives, pero sosiégate, apacíguate, todo rencor ha sido expulsado de mí en el momento en que te volví a ver. No tengo deseo de dañarte. Puedes estar en paz. No te lastimaré, ni a ti, ni a mi hermano. Olvidaré todo y dejaré mi resentimiento tirado para siempre en la nada.

Con furia y con belleza, Malinalli arrancó los ojos de la mirada de su madre y los volvió de nuevo a los de su hermano:

su rostro se endulzó y sus ojos, llenos de ternura, volvieron a besar el rostro del hermano perdido. Con amabilidad volvió a sonreírle y luego siguió de largo.

Todo camino nos transforma. Después de un rato de caminar, Malinalli pudo deshacer la imagen de su madre que por años había guardado en su corazón. A cada paso, la certeza del abandono se fue desvaneciendo y, al poco rato, pudo sentir amor por su madre. Lejos de ella fue que pudo amarla y verla con un rostro diferente.

Se apenó de la arrogancia, el desprecio y la soberbia con la que se había dirigido a su progenitora. Ahora sentía ternura. La perdonó en su corazón y en ese instante recordó con angustia que ella también había abandonado a su hijo, que lo había dejado sin su calor, sin sus pechos, sin sus labios, sin su mirada. Recordó la cara de su hijo de apenas un año de edad abrazado a su pierna, suplicándole sin palabras que no lo abandonara, suplicándole con sonrisas que se mantuviera cerca de él. Recordó su llanto cuando lo separó de su regazo. Recordó lo que fue la vida de su hijo dentro de ella y sus labios en su pezón. Los recuerdos se hicieron uno con las lágrimas y tuvo compasión de su madre. ¡Con qué derecho había acusado si ella también había sido capaz del abandono!

Se culpó a sí misma por ir en contra de sus deseos con tal de permanecer al lado de ese hombre que despertaba en ella la más grande de las lujurias: el anhelo del poder, el deseo de ser diferente, única y especial. Sintió vergüenza y un dolor profundo que le recorría toda la columna vertebral. El frío del sufrimiento se interiorizaba en sus huesos, haciéndolo insufrible. No se perdonó, no se contentó, no se apiadó de ella misma.

Desde ese instante, ni un solo momento el recuerdo de su hijo se separó de ella. El recuerdo del abandono sería una pesadilla en su mente, un infierno en la palma de su mano, un delirio en su mirada. Sintió odio por sí misma, desprecio en su corazón, y odio, un infinito odio por Cortés. Asco, vacío, ansiedad, amargura. Una obsesión incontrolable de apedrear el rostro de Cortés, de destruir su imagen, de incendiar su pensamiento, de deshacerlo, de desbaratarlo, verlo hecho pedazos en el viento.

Corrió a su encuentro y le pidió que por favor la siguiera, que tenía algo importante que decirle. Cortés así lo hizo, convencido de que le iba a transmitir algún plan secreto o alguna intriga en su contra. La siguió en silencio hasta lo alto de un monte. Desde allí las selvas tropicales, infinitamente verdes, se podían mirar y se podía entender la belleza de todas las cosas. Cortés se enfrentó a Malinalli y le dijo:

—Ya estamos aquí, ahora sí, dime, ¿qué es lo que quieres?

—Lo que quiero no puedo tocarlo. Está lejos de mí. Lo que quiero es sentir la piel de nuestro hijo. Lo que quiero es llenar de palabras hermosas su pensamiento. Lo que quiero es cuidar su sueño. Hacerlo sentir que el mundo es un lugar seguro, que la muerte estará lejos de él, que él y yo somos uno, que estamos unidos por una fuerza mayor que nuestras voluntades. Lo que quiero no puedo tenerlo porque me arrastras en el camino de tus obsesiones. Tú me prometiste libertad y no me la has dado. Para ti, yo no tengo alma ni corazón, soy un objeto parlante que usas sin sentimiento alguno para tus conquistas. Soy la bestia de carga de tus deseos, de tus caprichos, de tus locuras. Lo que quiero es que detengas tu mente y mires un instante que estás en medio de la vida. Y que los que estamos junto a ti también respiramos y nos corre sangre por las venas y nos sentimos amados o heridos, que no somos de piedra ni pedazos de madera, ni utensilios de hierro. Somos carne, sensibilidad y pensamiento. Somos como tú mismo dices: verbo encarnado, palabra en la carne. Lo que quiero es que despiertes y que aceptes la oportunidad que te ofrezco de ser felices, de ser una familia, de ser un solo ser. Te ofrezco el beso de los astros, el abrazo del sol y de la luna. Olvídate de esta idea absurda de ir a conquistar las Hibueras, por favor, Hernán, destierra de tu mente esa locura. Detén el delirio interminable de tu corazón y bebe de la paz para que cese tu ambición y tu delirio. Eso es lo que quiero y está en tus manos entregármelo.

Cortés la miró y la vio extraña, estaba conmovido. Sabía que nadie le había hablado con tanta verdad, y que sí, que en realidad eso era lo que él deseaba en el fondo de su ser, en la realidad de su alma, pero no podía aceptarlo. No podía renunciar a ser el más grande de todos los hombres. El más poderoso, el más inmenso, a cambio de una ciudad y una mujer ya conquistadas. Por eso, su pensamiento cambió inmediatamente y miró a Malinalli como una loca y estúpida mujer que efectivamente sólo le servía como un objeto, como un instrumento de conquista. Se rió y le dijo:

—Vuelve a la razón, Marina. No permitas que tus sentimientos envenenen el sentido de nuestras vidas y acepta que tu misión es simplemente ser mi lengua. No vuelvas a interrumpir mis pensamientos con tus necedades. No se te ocurra repetir la estupidez de tus lamentos. No distraigas mi tiempo. Dedícate a obedecer y agradece lo que he hecho por ti, ¡porque es más grande que tu vida!

Dicho esto, se alejó de ella sin mirarla siquiera y caminó hacia el campamento con la intensidad de la irritación. Entonces, como si la naturaleza fuera cómplice del sentimiento de Malinalli, como si la naturaleza comprendiera la ley de sus palabras, el viento sopló de manera casi sobrenatural, se hizo inmediatamente de noche, las nubes cubrieron al sol y la lluvia toda se confundió con sus lágrimas.

Esa noche, Cortés bebió hasta embriagarse.

Había bebido para huir de sí mismo, para huir de las palabras que horas antes había pronunciado Malinalli. Para huir de la verdad. No quería escuchar que un hombre es sólo tránsito en la vida, que ningún hombre permanece por siempre en la tierra, que el poder es pasajero, que el tiempo todo lo desgasta. Delirante, cantaba y su desafinada voz rompía la belleza de un canto o declamaba versos en latín o trozos de poemas sueltos, sin sentido. El alcohol había modificado su conducta totalmente. De repente, cambió su actitud. Del divertimento pasó a la ira, a la violencia y gritó:

—Nadie, ¡escúchenlo bien!, nadie podrá traicionarme jamás. Ninguno de mis hombres podrá estar en mi contra, nadie intrigará sobre mi persona porque el que lo haga, el que se atreva, morirá de una manera cruel y vergonzosa. Nadie podrá estar en contra de mis pensamientos, de mi voluntad. Nadie podrá nunca contradecir mis ideas ni desviar jamás mis intuiciones. Los seres que están cerca de mí, los que me conocen, tienen que ser una sombra de mi persona, sólo así podré llevar a cabo todos mis ideales, sólo así el poder infinito de mis emociones podrá llegar a un destino feliz. ¡Escúchenlo todos! Porque si yo muero, ustedes también.

En ese momento se quedó mirando a Malinalli, que había observado toda esta transformación y locura de Cortés. En verdad, en esos momentos daba miedo; se mostraba como un ser irrefrenable, frenético. Parecía que su mente se incendiaba con cada trago de alcohol que bebía. El aguardiente hacía estragos en su sangre. Lo habitaban el deseo de grandeza y una venganza desconocida que parecía provenir de unos genes equivocados, que lo obligaban a convertir al mundo en un lugar de combate y de muerte. Esa sensación de venganza y de ira estaba incrustada en el corazón y en la sangre de Cortés, como si alguna herida supurante surgiera de su rencor y diseñara todos sus pensamientos.

Malinalli sintió miedo y la invadió una sensación de desconsuelo. El alcohol era mal compañero del hombre y los dioses. A Quetzalcóatl lo había trastornado de tal forma que había sido capaz de fornicar con su hermana, y se decía que Cortés, bajo la influencia del alcohol, había estrangulado a su esposa. ¡Ese hombre era capaz de asesinar! Un sentimiento trágico circuló por su sangre y le advirtió del peligro que corría, pero al mismo tiempo le suministró la serenidad para simular calma en medio de la guerra. Cortés la jaló hacia él y le dijo en voz baja:

—Querías dejar de ser esclava, ¿verdad? Pues te voy a dar gusto, te voy a convertir en señora, pero no en mi señora. Estarás cerca de mí, pero no estaremos juntos. Tu sangre y mi sangre crearon una sangre nueva que nos pertenece a ambos, pero ahora tu sangre se mezclará con otro. Yo seguiré siendo tu señor, pero tú nunca serás mi señora.

En ese momento, un grito descomunal salió de la garganta de Cortés:

—¡Jaramilloooo! Ven para acá, fiel soldado.

Jaramillo obedeció y, en cuanto lo tuvo cerca, Cortés le tomó la mano y la colocó a la altura del corazón de Malinalli. Jaramillo, apenado, trató de retirarla, pero Cortés se la sostuvo con firmeza mientras le decía:

—Acércate a esta mujer, siente su corazón, su tacto, su cabello, porque ella, a partir de hoy, es tuya. Toma esta mujer para saciar tus deseos en ella y para ver si así puedes ser yo —dijo riendo exagerada y falsamente.

Cortés eligió a Jaramillo para desposarlo con Malinalli porque, aparte de ser uno de sus hombres más preciados, era en quien más confianza tenía. Quería atar a Malinalli con Jaramillo por dos razones: para atar a Jaramillo a su voluntad y para tratar a Malinalli desde una distancia más racional, menos emotiva. De tal manera podría sacar el mejor provecho de aquella mujer sorprendentemente inteligente e imprescindible para sus planes.

Jaramillo encajó en Cortés una mirada sorprendida e incrédula. No sabía si le estaba jugando una broma; si lo que decía correspondía a un momento de embriaguez, de delirio o si se burlaba de su persona. En su mirada había incertidumbre y en su corazón alegría.

Trató de desviar la mirada para que Cortés no se diera cuenta de que Malinalli era la mujer que había anhelado, desde aquel día lejano, a orillas del río, cuando Cortés la penetrara por vez primera. Esa mujer que ahora le ofrecía era la que infinidad de veces había calentado sus pensamientos, la mujer que siempre había deseado tener desnuda entre sus brazos. Sin embargo, Jaramillo llevó a Cortés aparte, para preguntarle:

—Hernán, ¿qué es lo que pretendes? ¿Por qué me haces señor de Marina?

—Jaramillo, no te mientas a ti mismo —respondió Cortés—. Durante años, meses y días Marina ha aparecido en tus sueños. Ya eres su esposo desde que piensas insistentemente en ella. Eres mi amigo y te regalo tu deseo a cambio de que le des a Marina un nombre, un estatus y le brindes protección a mi hijo. Ésta es la mayor encomienda que te encargo, la misión más grande que puedo depositar en tus manos. Jaramillo, ayúdame a hacer historia.

Después, todos fueron testigos de la boda de Jaramillo y Malinalli.

Esa misma improvisada noche de bodas, Jaramillo —para entonces ya embriagado y lleno de deseos— la penetró una y otra vez. Bebió sus pechos, besó su piel, se sumergió en su persona, vació en Malinalli todo su ser y se quedó dormido.

Cortés, totalmente ebrio, dormía a pierna suelta. Parecía un muerto, que en su inconciencia aún no se daba cuenta de que se había arrancado una buena parte de sí mismo. La única que estaba despierta era Malinalli. La mantenía alerta el deseo de prenderse fuego, de evaporarse, de volverse estrella, de fundirse con el sol, tal y como lo había hecho Quetzalcóatl. Anhelaba dejar de ser ella misma, volar, ser parte de todo y de nada, no ver, no oír, no sentir, no saber, pero, sobre todo, no recordar. Se sentía humillada, triste, sola y no hallaba cómo sacar la frustración de su ser, como lanzar al viento su dolor, como cambiar su decisión de estar presente en el mundo.

Pensó en los momentos en que la boca de Cortés y su boca fueron una sola boca y el pensamiento de Cortés y su lengua una sola idea, un universo nuevo. La lengua los había unido y la lengua los separaba. La lengua era la culpable de todo. Malinalli había destruido el imperio de Moctezuma con su lengua. Gracias a sus palabras, Cortés se había hecho con aliados que aseguraron su conquista. Decidió entonces castigar el instrumento que había creado ese universo.

De noche, atravesó parte de la vegetación, hasta encontrar un maguey del cual extrajo una espina y con ella se perforó la lengua. Empezó a escupir la sangre como si así pudiese expulsar de su mente el veneno, de su cuerpo la vergüenza y de su corazón la herida.

A partir de esa noche, su lengua no volvería a ser la misma. No crearía maravillas en el aire ni universos en el oído. No volvería a ser jamás instrumento de ninguna conquista. Ni ordenaría pensamientos. Ni explicaría la historia. Su lengua estaba bifurcada y rota, ya no era instrumento de la mente.

Como resultado, la expedición a las Hibueras fue un fracaso. La derrota de Cortés se hundía en el silencio. La realidad los regresaba vencidos.

****

En el barco que los traía de regreso de las Hibueras reinaba el silencio. Desde la borda, Malinalli observaba las aguas del mar, su constante movimiento, su color. Se le ocurrió que el mar era la mejor imagen de dios, porque parecía infinito, porque sus ojos no podían recorrerlo todo.

Malinalli estaba a punto de ser madre por segunda vez. Su corazón guardaba silencio y en ese silencio todos los sonidos del mundo se hacían evidentes. Sentir una vida dentro de su vida conmovía profundamente el corazón de Malinalli. No sólo traía un pedazo de carne en su carne sino que compartía el alma con su alma. Y así, dos almas juntas, quizá eran todas las almas y un cielo de almas, quizá era igual a un cielo de estrellas.

Pocos días después, mientras Malinalli miraba las estrellas, fue sorprendida por las contracciones del parto y dio a luz en cuclillas, sobre la cubierta del barco. Su hija nació envuelta en sangre y luz de estrellas. Malinalli advirtió que Marina, su nombre castizo, con el que Cortés la había bautizado, significaba «la que viene del mar». El mar también estaba contenido en el nombre de su hijo Martín. Su hija, al igual que ella, provenía del vientre del mar, también era agua de su agua. Decidió regresar el cordón umbilical de su hija al mar, a la fuente rota del universo, de donde todos los seres habían salido. Sintió un gran alivio cuando el cordón umbilical se desprendió de sus dedos y chocó con las aguas saladas del mar. Durante unos momentos flotó sobre su superficie y luego fue abrazado y revolcado en sus aguas profundas, oscuras.

Por alguna extraña razón comprendió que la eternidad era un instante. Un instante de paz donde todo se comprendía, donde todo tenía sentido, aunque no pudiera explicarse con palabras, pues no había lenguaje que lo pueda nombrar. Con la lengua paralizada de la emoción, Malinalli tomó a su pequeña hija y le ofreció su pecho para que bebiera leche, para que bebiera mar, para que se alimentara de amor, de poesía, de luz de luna y, al hacerlo, supo que su hija debía llamarse María. María, como la Virgen. En María ella se renovaba y por eso no dudó en responder a la pregunta que Jaramillo, su esposo, le formuló respecto a si las mujeres que amamantaban morían un poco, con una frase rotunda:

—¡No! Nacen de nuevo.

A Jaramillo también le gustó el nombre de María para su hija. Recordó que cuando era niño asistió al funeral de una mujer cercana a la familia. Los adultos estaban tan ocupados que no advirtieron cuando Jaramillo se acercó a mirarla. La sensibilidad del niño se impactó con la quietud y la inmovilidad de la señora. Al mirar su rostro sin alma, comprendió que la muerte era un acto necesario y se llenó de terror. Él no quería que muriera lo que amaba. Desesperado, buscó ayuda y sus ojos se encontraron con una escultura en madera de la Virgen María con un niño desnudo en los brazos. El niño Jaramillo, al verla, en silencio le preguntó:

—¿Por qué lo que da vida tiene que morir?

No obtuvo respuesta, pero desde entonces le conmovía mirar a una mujer muerta y a una mujer que amamantaba.

Jaramillo con ternura besó la frente de su hija y acarició el rostro de su esposa. Malinalli recordó el momento en que Cortés la había casado con él y ya no le pareció un recuerdo amargo. Es más, sintió ternura por Hernán, por ese pequeño hombre que quería ser tan inmenso como el mar.

En el fondo de su ser le agradecía enormemente que la hubiera casado con Jaramillo. Era un buen hombre. Respetuoso, amable, valiente, leal. Finalmente, Cortés le había hecho un favor al alejarla de su lado. Su casamiento quizá la había librado de la muerte, pues ella, como muchos, también sospechaba que Cortés era el asesino de su esposa, que no había sido un accidente, que no había muerto naturalmente y que, de alguna manera, si ella se hubiera casado con él, Cortés inevitablemente, por un oculto misterio, la habría matado. Este hombre conquistaba pero también asesinaba lo que amaba. Mataba a sus mujeres para que sólo fueran suyas. Tuvo que reconocer entonces que Cortés la amaba, no como ella hubiera querido, pero la amaba. De otra forma, no le habría regalado parte de su libertad ni le habría respetado la vida. Aunque, pensándolo bien, tal vez no era amor sino conveniencia. La verdad era que Cortés la necesitaba a su lado como traductora.

«¿Qué es lo que me unió al abismo de este hombre?», se preguntó Malinalli en silencio. «¿En dónde las estrellas entretejieron nuestro destino? ¿Quien tejió el hilado de nuestras vidas? ¿Cómo es que mi dios y su dios pudieron conversar y diseñar nuestra unión? Un hijo de su sangre nació de mi vientre y una hija de la voluntad de su capricho también nació de mi vientre. Él escogió al hombre que encajaría su semilla dentro de mi carne, no yo. Sin embargo, se lo agradezco. Yo no tenía ojos para mirar a otro que no fuera él y, al obligarme, me hizo descubrir a un hombre que siempre había estado pendiente de mí, de mis ojos, de mi cuerpo, de mis palabras.»

Entonces Malinalli se volvió líquida, leche en sus pechos, lágrimas en sus ojos, sudor en su cuerpo, saliva en su boca, agua de agradecimiento.

Cuando Malinalli pisó tierra firme, el sonido de su corazón era un tambor de ansiedad que reclamaba desde lo más hondo de la vida el abrazo de su hijo. El abrazo de un niño al que ella había abandonado para entregarse al delirio de conquista de un hombre que la ponía en contra de su voluntad, en contra de sus deseos, en contra de su cariño, en contra de sus pensamientos. Una conquista absurda que había sido un fracaso y que la había roto por dentro.

No podía perdonarse haber abandonado a su hijo cuando más la necesitaba, cuando era necesario que él se identificara con la fuerza de su amor, con la sabiduría de los antepasados, con sus caricias, con el silencio de su mirada, donde las palabras no eran necesarias. Le dolía el silencio perdido, las sonrisas ausentes, los abrazos vacíos. Igual que su madre, ella también había abandonado lo que había hecho nacer. Le parecieron eternas las ceremonias de bienvenida, los discursos que tuvo que traducir. Todo aquello que le impidió ver a su hijo inmediatamente. Cuando por fin pudo ir a buscarlo a casa de unos parientes de Cortés con los que el niño se había quedado, tuvo miedo. Miedo del reclamo. Miedo de ver en los ojos de su hijo la misma indiferencia con la que ella había visto a su propia madre.

El niño jugaba en el patio de la casa, acariciado por el sol, en medio de árboles y charcos de agua. Al mirarlo, Malinalli lo reconoció inmediatamente.

Había crecido, modelaba figuras de lodo, creaba un universo fantástico en el que —dolorosamente— ella no participaba. El niño se ajustaba a la misma imagen de ternura y belleza que Malinalli guardó en su recuerdo. El niño era el mismo, sí, ¡pero tan diferente! Encontraba que algunos de sus gestos eran parecidos a los de ella, pero sus modales eran iguales a los de su padre. Soberbio y bello. Amable e inocente. Caprichoso y terrible. Lleno de matices, lleno de colores, lleno de cantos, así era el hijo que había abandonado.

Caminó a su encuentro llena de amor, llena de ternura, llena de ansiedad. Deseaba sentir su piel en su piel, su corazón en su corazón. Quería regresarle en un instante toda su presencia, toda su compañía, borrar de golpe los meses de ausencia, los meses de abandono.

Cuando lo abrazó, cuando pronunció su nombre, cuando lo tocó, Martín la miró como si no la conociese, como si jamás la hubiese visto y se echó a correr. Malinalli, en un impulso de rabia, de desconsuelo, de locura, corrió tras él, ordenándole que se detuviera, que ella era su madre. El niño no paraba, seguía corriendo como si quisiera fugarse de su destino, fugarse de ella para siempre. Cuanto más corría tras él su madre, más miedo le producía, y cuanto más miedo tenía su hijo, más rabia sentía Malinalli. Corría la ira detrás del miedo. Corría la herida detrás de la libertad. Corría la culpa detrás de la inocencia. Por fin, Malinalli logró detener a su hijo con fuerza y, al hacerlo, sin querer lo lastimó; entonces el niño la miró lleno de pánico y empezó a llorar.

Su llanto era tan profundo, tan agudo como un cuchillo filoso, que sin problema atravesaba la capa de carne que cubría el corazón de Malinalli, y abría una herida no sanada: la del abandono. En una gran paradoja, el abandonado hería a la abandonada con su desprecio. Malinalli sintió que cada caricia, cada intento de amor hacia su hijo era una tortura, una pesadilla, una lastimadura para ambos. Entonces, en un gesto de locura, le dio una bofetada a su hijo para que se calmara, para que ya no intentara huir. Y con una voz como de trueno le gritó:

—¡Maltín! ¡No huyas!

—Yo no soy Maltín. Soy Martín. Y no soy su hijo.

Malinalli quiso rasgar su lengua. Romperla, hacerla flexible para que por fin pudiera pronunciar la letra erre. Ante el dolor que le ocasionaron las palabras de su hijo, Malinalli recurrió al idioma náhuatl para no equivocarse, para hablar desde su corazón:

—¿Ya me borraste de la memoria? Yo no. Yo te he traído en mi recuerdo todo el tiempo. Tú eres mi hechura humana, el nacido de mí, eres mi pluma de quetzal, mi collar de turquesa.

El niño, sin comprenderla bien —pues nadie más le hablaba en náhuatl— pero sintiendo absolutamente toda la energía de su madre, el lenguaje corporal y lo que su mirada le decía, se quedó paralizado, quieto, en silencio, y al mirarla reconoció en los ojos de su madre sus propios ojos y lloró de una manera diferente. Lloró para vomitar por sus ojos todo el veneno emocional que podía guardar un niño de casi cuatro años de edad. Después, se echó a correr, mientras le gritaba a su madre:

—¡Suélteme! ¡Me da miedo! ¡Váyase de aquí! ¡La odio!

Malinalli, aún más herida, echó a correr tras él una vez más. El niño corría veloz y desesperadamente mientras gritaba:

—¡Palomaaaa! ¡Mamá Paloma!

El que su hijo considerara a otra mujer como su verdadera madre la enloqueció. Malinalli sentía que se salía del cuerpo. Su cabeza estaba a punto de estallar. Su corazón era un tambor de guerra. El niño llegó a los brazos de la mujer llamada Paloma y se abrazó fuertemente a ella. Malinalli, que creía haber sentido alguna vez una herida de amor, se dio cuenta de que nada había sido tan doloroso y tan hiriente como ese momento que se le presentaba como una pesadilla. Fuera de sí, sin control, arrancó a su hijo de los brazos de Paloma, a pesar de que el niño la golpeaba y la pateaba. Malinalli lo tomó con fuerza por uno de los brazos y lo arrastró violentamente a todo lo largo del camino que la separaba de su casa.

El niño lloró hasta que se cansó, hasta que no le quedaron más lágrimas, hasta que su voz enronquecida se acabó. Cuando su hijo cerró los ojos le tocó el turno a Malinalli. Lloró tanto que sus ojos se deformaron, hasta que se hizo la paz.

El silencio reinaba. Malinalli miraba por la ventana la luz de las estrellas; su rostro era tan inocente como cuando tenía cuatro años. Esa noche, Malinalli era una niña espantada de que el amor no fuera cierto; era una niña espantada de que los frutos no reconocieran a la semilla; era una niña espantada de imaginar que las estrellas despreciaran su cielo. Volteó y miró el hermoso rostro de su hijo. Por alguna extraña razón, recordó a su padre, al que nunca vio, al que sólo sintió en espíritu. Se acercó y con su mano tímida, lentamente, acarició la frente de su hijo. Con miedo a que se despertara, le susurró:

—Hijito mío, mi ala de colibrí, mi cuenta de jade, mi collar de turquesa. Los ojos mienten, se equivocan, miran cosas que no existen, que no están ahí. Mi muchachito, mírame así, con los ojos cerrados. Veme así y te acordarás de mí y sabrás lo mucho que te quiero. Por un tiempo yo dejé de mirar con mis ojos y me equivoqué. Sólo cuando somos niños miramos la verdad porque nuestros ojos son verdad, hablamos la verdad porque lo que sentimos es verdad. Sólo cuando somos niños no nos traicionamos, no negamos el ritmo del cosmos. Yo sólo soy unos ojos que lloran tus penas. Cuando lloras, mi pecho se encoge y mi memoria se pierde en tu recuerdo. Tú estás grabado en el fondo de mi corazón, junto a mi abuela, junto a mis dioses de piedra, junto a los cantos sagrados de mis antepasados. Yo puse carne y color a tu espíritu, yo bañé tu piel de lágrimas cuando me fuiste entregado por el señor del cerca y del junto.

El niño, con los ojos cerrados, en esa ceguera que lo ve todo, parecía escucharla, parecía perdonarla, parecía amarla.

—Si tan sólo pudiera sentir que me amas, que me comprendes, que no soy una desconocida para ti, que no soy lo que te espanta, que no soy lo que te duele, yo sería capaz de dejar mi vida, de dejarlo todo, si con ello tú, hijo adorado, hijo de mi sangre, hijo de mi corazón, recibieras mi amor.

Malinalli, con ternura, besó los párpados de su hijo y le cantó una bella canción de cuna en náhuatl, la lengua de sus antepasados. Era la misma canción con la que cientos de veces lo durmió en sus brazos cuando era un bebé. El alma de su hijo pareció reconocer el canto y en ese momento la habitación donde se encontraban adquirió una nueva luz. Fue como si se iluminara con una luz que no provenía de ninguna parte sino del corazón de Malinalli. Una luz azul que traspasaba el cuerpo de ese niño, quien sin poder evitarlo sintió ese profundo amor y, a pesar de estar dormido, sonrió y su sonrisa lo dijo todo. Para Malinalli esa sonrisa se convirtió en un instante de amor mucho más poderoso que los largos meses de separación. La comprensión y la belleza se habían instalado en el corazón de madre e hijo.

Malinalli se quedó despierta hasta el amanecer, hasta que la luz del día rozó los párpados cerrados de su hijo y se despertó. Cuando el niño miró a su madre, ya no lloró, ya no gritó, sólo la contempló ampliamente, antes de volver a quedarse dormido en su regazo.

Martín, al igual que su bisabuela ciega, experimentó que en el silencio de la mirada es donde en verdad se podía ver. Para Malinalli ése ya era un conocimiento adquirido desde su niñez. En todos los meses en que ella había estado alejada de su hijo e imposibilitada para verlo, lo había podido imaginar mucho mejor que ahora que lo observaba detenidamente. Inspirada por esa verdad que ilumina todas las cosas, le habló a su hijo en español y fue en ese momento que descubrió la belleza del idioma de Cortés y agradeció que dios le hubiera regalado esa nueva forma de expresarse, en un lenguaje que abría nuevos lugares en su mente y gracias al cual su hijo podía comprender su amor de madre.

La relación entre Martín y Malinalli poco a poco fue mejorando y el cordón de plata que alimentaba su unión logró restablecerse por completo.

Ocho

El cielo tenía tonalidades naranjas y rosadas. El aire transportaba el aroma de los nardos y los naranjos en flor. Malinalli bordaba y Jaramillo, a su lado, fumaba. Martín y María jugaban en el patio de la casa que juntos habían construido.

Era un bello patio enmarcado por amplias arcadas y con una fuente en cada uno de los cuatro puntos cardinales. De cada fuente salía un canal que transportaba agua hasta el centro del patio formando una cruz plateada. El patio no sólo era una obra arquitectónica, un armonioso juego de espacios, sino que era un centro mítico, un punto de encuentro de varias tradiciones espirituales. Era el sitio donde Malinalli, Jaramillo y los niños entrelazaban las hebras de sus almas con el cosmos. En el agua se reconocían, se reencontraban, se renovaban.

—Quienes logran desentrañar en sí mismas el secreto del todo, se vuelven personas espejos que saben convertirse en sol, en luna, en Venus —le había dicho Malinalli a Jaramillo, cuando en una de sus primeras pláticas discutieron sobre el diseño de su casa. Juntos decidieron que el agua sería el centro de todo.

A los dos les deleitaba el agua. Gustaban de acariciarse mientras uno bañaba el cuerpo del otro con agua que Malinalli previamente había perfumado con nardos del jardín. A veces, tenían que interrumpir el baño para besarse, para lamerse hasta el agotamiento, hasta que terminaban mojados de sudor y semen y de nuevo tenían que bañarse. El baño era el ritual que primero los unió.

Para Jaramillo el agua era imprescindible. Había visitado la Alhambra de niño y había quedado maravillado con ese espejo del cielo. Con sus patios interiores, con sus canales, sus fuentes. Sintió a Dios en ese lugar. Cuando Malinalli le habló de Tula, el espejo del cielo, los dos sintieron que había algo que los unía mucho más allá del cuerpo, del tiempo, de la guerra, de los muertos: un dios líquido.

La casa que juntos diseñaron y construyeron era un pequeño edén. Malinalli no podía sino bendecir a los musulmanes que construyeron la Alhambra y provocaron en el alma de un niño una huella imborrable. Gracias a ellos —entre otros— su casa era un regalo para la vista, para el olfato, para el oído, para el tacto. Los juegos de luces, de sombras, las flores y plantas aromáticas, el murmullo constante del agua, el sabor de los frutos de la huerta a diario les proporcionaban felicidad. Felicidad, una palabra que adquirió significado de manera tardía en la vida de Malinalli, pero que finalmente lo adquirió.

Su corazón se alegraba cuando observaba los nuevos brotes de maíz en la milpa que tenía en la parte trasera de la casa. La primera cosecha la obtuvo sembrando los granos de maíz de su abuela, que siempre había llevado con ella. Junto a la milpa, tenía una huerta en donde convivían en armonía las plantas de origen europeo con plantas mexicanas. Malinalli se deleitaba creando nuevos platillos. Jugaba con la cebolla, el ajo, el cilantro, con la albahaca, con el perejil, con el jitomate, con los nopales, con las granadas, los plátanos, los mangos, las naranjas, el café, el trigo, el maíz, el cacao. Los nuevos sabores en la comida surgían sin poner resistencia al mestizaje. Los diferentes ingredientes se aceptaban entre ellos sin problema y el resultado era sorprendente.

Era el mismo resultado que se había logrado en el interior de su vientre. Sus hijos eran producto de diferentes sangres, de diferentes olores, de diferentes aromas, de diferentes colores. Así como la tierra daba maíz de color azul, blanco, rojo y amarillo —pero permitía la mezcla entre ellos—, era posible la creación de una nueva raza sobre la tierra. De una raza que contuviera a todas. De una raza en donde se recreara el dador de la vida, con todos sus diferentes nombres, con todas sus diferentes formas. Ésa era la raza de sus hijos.

Le encantaba verlos correr por el patio y jugar en el agua de las fuentes que recordaban a Tula y a la Alhambra por igual. Le gustaba que hablaran náhuatl y español. Que comieran pan y tortillas. Pero le dolía que no hubieran visto lo que fue el valle del Anáhuac. Lo que había sido Tenochtitlan. Por más que se empeñaba en describírselos, le resultaba imposible. Así que decidió dibujar para ellos un códice —su códice familiar— y enseñarlos a descifrar el lenguaje del mismo. Entender sus signos. Era importante que aparte de aprender a leer el idioma español, supieran leer códices. Decía una poesía maya que «los que están mirando, los que cuentan, los que vuelven ruidosamente las hojas de los libros de pinturas. Los que tienen en su poder la tinta negra y roja: las pinturas. Ellos nos llevan, nos guían, nos dicen el camino».

Era importante que sus hijos y ella supieran lo mismo para poder hablar de lo mismo, para caminar hacia el mismo lugar. Tal vez si Jaramillo y ella no hubieran presenciado los mismos acontecimientos, no les sería fácil entender lo que había sido la conquista. Malinalli deseaba que entre sus hijos y ella fuera posible la misma complicidad y por eso estaba dispuesta a aprender a leer y escribir el español.

Por las mañanas, junto con Martín, se esforzaba en garabatear letras y números. El que más le llamaba la atención era el número ocho. Encontraba que era la representación del mestizaje. Eran dos círculos unidos por el centro. Por el infinito entre ambos. Por el mismo invisible.

En las tardes, le gustaba jugar con sus hijos, tomarlos de los pies y darles vueltas por los aires, como su abuela lo había hecho con ella. Cuando se cansaba, los dejaba jugar por su cuenta y se sentaba a bordar huipiles mientras sus hijos seguían correteando y Jaramillo, su esposo, se dedicaba al tallado en madera.

Malinalli consideraba que bordar o tallar la madera, más que actividades artesanales, era un ejercicio para alimentar la paciencia. La paciencia era la ciencia del silencio, donde ritmo y armonía fluían naturalmente entre puntada y puntada, entre cincel y martillo. Era a base de ese ejercicio ritual y cotidiano que ambos podían alcanzar estados de conciencia luminosos, donde la paz interior y la riqueza espiritual eran su recompensa y su objetivo.

Esa tarde, mientras tomaban té de hojas de naranjo, Jaramillo suspendió el tallado de una Virgen de Guadalupe que estaba fabricando para la recámara de sus hijos y preguntó:

—Marina, ¿quieres que vayamos a la misa de mañana?

—No. ¿Tú quieres ir?

—No.

Cada año se celebraba con una misa la caída de Tenochtitlan. A Malinalli le molestaba asistir. Le molestaba revivir a los muertos, los lamentos, los llantos, pero más le molestaba que los rezos se hicieran ante un Cristo crucificado. Ante la imagen del nuevo dios, del dios de la carne clavada en la cruz, del cuerpo sangrante. Para ella resultaba horrorizante verlo, pues su mente siempre había rechazado los sacrificios humanos.

Le molestaba la herida en el costado que le recordaba a aquella que los cuchillos de obsidiana producían en el pecho de los hombres sacrificados en el templo de Huitzilopochtli. Le molestaba la corona de espinas, la sangre coagulada, seca. Le provocaba deseos de querer salvar a ese hombre del tormento, de dejarlo en libertad. No soportaba mirarlo. Su sacrificio era eterno y hablaba de que, a pesar de la conquista, no había habido ningún cambio en estas tierras. Que de nada había servido la caída del imperio, que el sacrificio había sobrevivido y que sería la herencia que dejaban a los sobrevivientes. Que ese Cristo en la cruz era dolor sin fin. Era muerte sin fin. Era eterna muerte. Malinalli no creía que el sacrificio creara la luz, como tampoco podía ser que la luz se encontrara en medio del sacrificio.

Así que prefería no asistir a la ceremonia y no ver al Cristo sacrificado. Ella prefería ver la vida y no la muerte. Prefería ver a sus hijos, producto de la conquista, y no revivir a los muertos. Prefería besar a Jaramillo, amarlo, bendecirlo, que tener que bendecir una imagen sacrificada eternamente. Gracias a Jaramillo ella había encontrado la paz, el cielo en la tierra. Gracias a Cortés, la guerra, el destierro, el odio. Su presencia le producía un disgusto incontenible. Verlo la alteraba, la molestaba, la enojaba. Inevitablemente terminaban discutiendo.

Esa tarde, Cortés se presentó en su casa y rompió con su presencia el encanto del día. Le ofrecieron una taza de chocolate con vainilla y lo invitaron a sentarse junto a una de las fuentes. Cortés, como siempre, llevaba problemas sobre sus hombros. Estaba a punto de enfrentar un juicio de residencia en el que se le acusaba de infidelidad a la Corona, intentos de tiranía, desobediencia a las órdenes reales, crímenes, crueldades y arbitrariedades durante la guerra, excesos y promiscuidades sexuales, enriquecimiento personal, negativa a dar al rey de España lo que le correspondía, apropiamiento de grandes extensiones de tierras urbanas y rurales y responsabilidad de la muerte —entre otras— de Catalina Xuárez, su esposa.

Ante la gravedad de las acusaciones, Cortés había dado el nombre de Malinalli y Jaramillo para que rindieran su declaración como sus testigos. Por el tono en que se dirigió a ellos, Malinalli sintió que no les estaba pidiendo nada, sino que les cobraba favores. Cortés, aparte de haberles dado los terrenos en donde ahora tenían su casa, les había otorgado una encomienda en los pueblos de Oluela y Jaltipan, lugares cercanos a Coatzacoalcos, de donde Malinalli era originaria, y sí, tenían muchas cosas que agradecerle; la principal, que los hubiera casado, pero a Malinalli le molestaba la manera en que exigía lealtad.

—¿Y qué es lo que esperas de mí? ¿Que mienta?

—No, espero que me demuestres tu fidelidad.

Repentinamente, la tarde adquirió un tono gris y el sol fue devorado por la humedad del cielo. Malinalli tenía los ojos húmedos, hermosos y tristes como si, cansados de mirar, quisieran callar de imágenes el cerebro y borrar de la memoria toda forma y todo reflejo de una conquista y un mundo ilusorio, engañoso. Pronunciando la palabra «Cortés» con una voz grave, le dijo:

—Cortés, por siempre te agradeceré el hijo y el esposo que me diste, el trozo de tierra que amablemente nos regalaste a Jaramillo y a mí para que pudiéramos echar raíces, pero no me pidas que declare, no en ese tono, ya no soy tu lengua, señor Malinche.

Hacía mucho que nadie lo llamaba Malinche. Lo habían dejado de llamar así cuando Malinalli se casó con Jaramillo, cuando dejó de ser su mujer, cuando se separaron. El fuego salió de sus ojos y con furia contenida se dirigió a ella:

—¿Quién te crees que eres para hablarme así?

Jaramillo, que conocía a su mujer como nadie, vio en sus ojos un arrebato de rabia y supo que iba a vomitar sobre Cortés todo su odio. Disculpándose, se levantó, tomó a los niños de la mano y se los llevó a sus habitaciones.

Malinalli tardó en responder a Cortés. Primero juntó todas las palabras que había reunido en sus momentos de dolor y de desesperación. Estaba cansada, extremadamente cansada de Cortés y sus estrategias. Estaba cansada de tolerarlo, de obedecerlo, pero más que nada, estaba cansada de ser su reflejo. Efectivamente, ella podía ser su mejor testigo, pero no sabía qué declarar que no lo perjudicara. Ella, la más humilde, la más ciega de todos, ¡qué podía haber visto! Tomó una larga respiración y le respondió pausadamente:

—La peor de todas las enfermedades nacidas de tu ambición no ha sido la viruela, ni la sífilis. La más grave de todas las enfermedades son tus malditos espejos. Su luz hiere, como hiere tu filosa espada, como hieren tus crueles palabras, como hieren las bolas de fuego que tus cañones escupieron sobre mi gente. Tú trajiste los espejos plateados, nítidos, tirantes, luminosos. Mirarme en ellos me duele, pues el rostro que el espejo me regresa es un rostro que no es el mío. Es un rostro angustiado y culpable. Un rostro envuelto por tus besos y marcado por tus amargas caricias. Tus espejos devuelven a mi vista el espanto de las muecas abiertas que tienen los rostros de los hombres que se han quedado sin lenguaje, sin dioses. Tus espejos reflejan a la piedra sin volcán y al futuro sin árbol. Tus espejos son como pozos secos, vacíos, que no tienen espíritu ni eternidad. En las imágenes de tus espejos hay gritos y crímenes devorados por el tiempo. Tus espejos distorsionan y enloquecen al ser que se mira en ellos; lo contagian de miedo, le deforman el corazón, lo destrozan, lo sangran y lo maldicen; lo engañan con su alma escurridiza, quebradiza, falsa. Mirarte tanto tiempo en tus espejos te ha enfermado, te ha mostrado una gloria y un poder equivocado. Lo peor de todo es que el rostro que miras en tu espejo creyendo que es tu cara tampoco existe. Tus espejos lo han desvanecido y en su lugar te muestran un infierno alucinante. ¡Infierno! Esa palabra que aprendí contigo, esa palabra que no entiendo, ese lugar creado por tus gentes para maldecir eternamente todo lo que vive. Ese universo aterrorizante que has fabricado, ése es el que recorta tu imagen y la congela en el espejo. ¡Tus espejos son tan terribles como tú! Lo que más odio, Hernán, es haberme mirado en tus espejos. En tus negros espejos.

»La búsqueda de los dioses es la búsqueda de uno mismo. Y ¿dónde nos encontramos escondidos? En el agua, en el aire, en el fuego, en la tierra. Estamos en el agua, en el río escondido. El agua forma parte de nuestro cuerpo, pero no la vemos. Circula por nuestras venas, pero no la sentimos. Sólo vemos el agua externa. Sólo nos reconocemos en los reflejos. Cuando nos miramos en el agua, también sabemos que somos luz, de otra forma no podríamos reflejarnos. Somos fuego, somos sol. En el aire estamos, en la palabra. Cuando pronunciamos el nombre de nuestros dioses, pronunciamos el nuestro. Ellos nos crearon con su palabra y nosotros los recreamos con la nuestra. Los dioses y los hombres somos lo mismo. El hijo del sol, el hijo del agua, el hijo del aire, el hijo del maíz nacen del vientre de la madre tierra. Cuando uno encuentra el sol, el fuego en movimiento, el agua, el río escondido, el aire, el canto sagrado, la tierra, la carne de maíz, dentro de sí mismo, se convierte en dios.

A Malinalli le era urgente y necesario reencontrarse, reencontrando a sus dioses. Después de la terrible discusión con Cortés del día anterior, sentía que no estaba dentro de su cuerpo, que su alma se había escapado, que había huido, que se había evaporado con los rayos del sol.

Verse reflejada en Hernán Cortés la había dejado confundida. Tenía que enfrentar su parte oscura antes de recuperar su luz. Para lograrlo, tenía que realizar el mismo viaje que Quetzalcóatl había realizado por el interior de la tierra, por el inframundo, antes de convertirse en estrella de la mañana. El ciclo de Venus es el de la purificación, del renacimiento. Venus-Quetzalcóatl en determinado momento desaparece, no se le ve en el cielo porque se introduce en el vientre de la madre tierra, baja a recuperar los huesos de sus antepasados. Los huesos son la semilla, el origen del cuerpo humano sembrado por el cosmos. Antes de recuperar su cuerpo, Quetzalcóatl debe confrontar sus deseos, verse en el espejo negro para conseguir la purificación. Si lo logra, el sol, debajo de la tierra, del cerro, entregará sus fuerzas para que la tierra se abra y deje brotar la planta que la semilla alimenta con agua del río escondido. Quetzalcóatl, quien descendió como espíritu descarnado en contacto con las fuerzas que procuran la vida, volverá a unir su carne y sus huesos.

Malinalli se preparó toda la noche para poder hacer el viaje. Al amanecer, se despidió de Jaramillo, su querido esposo, y le encargó que cuidara de sus hijos mientras ella iba en busca de sí misma al cerro del Tepeyac. Se sentía dolida, lastimada. Sentía que al atacar a Cortés se había atacado a sí misma. Mientras escalaba el cerro se decía: «el agua no ataca al agua. El maíz no ataca al maíz. El aire no ataca al aire. La tierra no ataca a la tierra. Es el hombre que no se reconoce en ellos quien los ataca, quien los destruye. El hombre que se ataca a sí mismo acaba con el agua, con el maíz, con la tierra y deja de pronunciar el nombre de sus dioses. El hombre que no ve que su hermano también es viento, es agua, es maíz, es aire, no puede ver a dios».

Malinalli quería ver a Tonantzin, a la deidad femenina, a la madre. Quería pronunciar su nombre para sentirse parte de ella, para poder mirar a los ojos de sus hijos sin miedo a ver reflejados en ellos la ira. Sabía que para lograr una integración con las fuerzas de la naturaleza, del cosmos, lo primero que tenía que hacer era guardar silencio y voltear su corazón hacia el cielo, con toda devoción. En el Tepeyac —según la tradición de sus antepasados— se encontraba Tonantzin, pero Malinalli no sabía exactamente dónde.

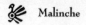

«¿Donde estás?», preguntó en silencio. «¿Dónde estás, alma de las cosas, esencia de lo visible, eternidad de las estrellas? ¿Dónde puedo buscarte para encontrarte, si estás prohibida, si te han desaparecido, si te han arrancado de nuestra fe, si han intentado borrarte de nuestra memoria?»

Al mismo tiempo que formulaba sus preguntas, obtuvo las respuestas. Era como si en verdad, al momento de pensar en ella, hubiera entrado en comunicación con Tonantzin. Escuchó dentro de su mente que la esencia de Tonantzin había regresado al fondo del espejo, al fondo del agua, para también renovarse. Ella también lo requería. En lo más profundo de la tierra había deshecho su mirada, su palabra, su tacto, su fuerza. Ahora era viento, agua, fuego, tierra contenida en una semilla que pronto iba a aparecer pero con nuevos ropajes, nueva forma. Surgiría de los sueños, de los deseos, de las voces que la reclamaban, que la recordaban. Aparecería cuando su pueblo despertara del sueño de muerte en el que estaba sumido, del sueño engañoso que los hacía creer que el reflejo de su cuerpo se había borrado en el cielo. Cuando ellos recuperaran su fe en las fuerzas de la naturaleza, de la creación, podrían pintar con ella su espíritu. Aparecería arropada por los rayos del sol, sostenida por la luna, en medio del aire, temblando en el viento, con una forma nueva, ya que la transformación del hombre, la transformación del mundo, es la transformación del universo. Los mexicas habían cambiado, los dioses, también.

«Cambiarán de forma nuestros ritos, será otro nuestro lenguaje, otras nuestras oraciones, distinta nuestra comunicación», le dijo Tonantzin, «pero los dioses antiguos, los inamovibles, los del cerca y del junto, los que no tienen principio ni fin, no cambiarían más que de forma».

Después de escuchar estas palabras, Malinalli sintió que el aire se perfumaba, haciendo evidente la presencia de lo sagrado. Fue en la quietud de su mente que pudo establecer contacto con Tonantzin y de la misma manera que se dirigió respetuosamente a ella:

—A ti, silencio de la mañana, perfume del pensamiento, corazón del deseo, intención luminosa de la creación, a ti, que levantas las caricias en flores, y que eres la luz de la esperanza, el secreto de los labios, el diseño de lo visible, a ti te encargo lo que amo, te encargo a mis hijos, que nacieron del amor que no tiene carne, que nacieron del amor que no tiene principio, que nacieron de lo noble, de lo bello, de lo sagrado, a ti que eres una con ellos, te los entrego para que estés en su mente, para que dirijas sus pisadas, para que habites en sus palabras, para que nunca los enfermen sus sentimientos, para que no pierdan el deseo de vivir. A ti, madrecita, te pido que seas su reflejo, para que al verte, se sientan orgullosos. Ellos, que no pertenecen ni a mi mundo ni al de los españoles. Ellos, que son la mezcla de todas las sangres —la ibérica, la africana, la romana, la goda, la sangre indígena y la sangre del medio oriente—, ellos, que junto con todos los que están naciendo, son el nuevo recipiente para que el verdadero pensamiento de Cristo-Quetzalcóatl se instale nuevamente en los corazones y proyecte al mundo su luz, ¡que nunca tengan miedo! ¡que nunca se sientan solos! Preséntate ante ellos con tu collar de jade, con tus plumas de quetzal, con tu manto de estrellas, para que puedan reconocerte, para que sientan tu presencia. Protégelos de las enfermedades, haz que el viento y las nubes barran todo peligro, todo mal que los acose. No permitas que se miren en un negro espejo que les diga que son inferiores, que no valen y acepten el maltrato y la violencia como único merecimiento. Procura que no conozcan la traición ni el odio ni el poder ni la ambición. Aparécete en sus sueños para que impidas que se instale en su cabeza el sueño de la guerra, ese sueño de locura colectiva, ese doloroso infierno. Cúrales sus miedos, bórrales sus miedos, desvanece sus miedos, aleja sus miedos, ahuyenta sus miedos, borra todos sus miedos junto con los míos, madre mía. Eso es lo que te pido, gran señora. Fortalece el espíritu de la nueva raza que con nuevos ojos se mira en el espejo de la luna, para que sepa que su presencia en la tierra es una promesa cumplida del universo. Una promesa de plenitud, de vida, de redención y de amor.

Eso era México y Malinalli lo sabía. Al terminar su oración, sacó su collar de cuentas de barro —que siempre traía colgando en el pecho— con la imagen en piedra de la señora Tonantzin. Era el mismo que su abuela le había dado cuando era niña. También sacó su rosario, el que había hecho con los granos de maíz con el que años atrás le habían leído el destino, y procedió a enterrarlos. Con ellos enterraba a su madre, a su abuela, a ella misma, a todas las hijas del maíz. Le pidió a la madre Tonantzin que alimentara esos granos con el agua de su río escondido, que les permitiera dar fruto, que les permitiera ser el alimento de los nuevos seres que estaban poblando el valle del Anáhuac.

Sin saber por qué, recordó a la Virgen de Guadalupe, esa virgen morena cuya imagen Jaramillo y ella tenían colgada sobre la cabecera de su cama. Era una virgen venerada en la región de Extremadura, España. Jaramillo le contó que la virgen original estaba tallada en madera negra y mostraba a la Virgen María con un Niño Dios en brazos. Jaramillo talló para ella una reproducción y mientras lo hacía, le contó que durante la conquista árabe en España, los frailes españoles, temiendo una profanación de la imagen de la Virgen María, la habían enterrado junto a las riberas del río Guadalupe —palabra que se castellanizó del árabe *wad al luben*— y que significaba «río escondido»; por eso, cuando años más tarde un pastor la encontró enterrada, la llamaron como al río, Virgen de Guadalupe.

Ese día Malinalli, sentada en el cerro del Tepeyac, después de enterrar su pasado, se encontró a sí misma, supo que era dios, supo que era eterna y que iba a morir. También lo que daba vida moría. Se encontraba en lo más alto del cerro. El viento sopló de tal manera que casi derribó a los árboles. Las hojas se desprendieron llenando de musicalidad sus oídos. El sonido del viento se hizo evidente. Malinalli sintió la fuerza del viento en su rostro, en su cabello, en todo su cuerpo y el corazón del cielo se abrió para ella.

La muerte no la espantaba, todo a su alrededor le hablaba de cambio, de transformación, de renacimiento. Tenochtitlan había muerto y en su lugar se edificaba una nueva ciudad que estaba dejando de ser espejo para convertirse en tierra, en piedra. Cortés estaba dejando de ser el conquistador para convertirse en el marqués del Valle de Oaxaca. Y ella pronto iba a experimentar su última transformación. Lo aceptaba con gusto. Sabía que nunca dejaría de pertenecer al universo, cambiaría de forma, pero seguiría existiendo, estaría en el agua de la fuente donde sus hijos jugaban, en las estrellas que Jaramillo veía por las noches, en las tortillas de maíz que a diario todos ellos comían, en el viento que sostenía a los colibríes que danzaban sobre sus nardos. Existiría en las calles de la nueva ciudad, en lo que fue el mercado de Tlatelolco, en el bosque de Chapultepec, en el sonido de los tambores, de los caracoles, en la nieve de los volcanes, en el sol, en la luna.

Malinalli, sentada y en silencio, se hizo una con el fuego, con el agua, con la tierra, se disolvió en el viento, supo que estaba en todo y en nada. No había nada que la contuviera, que la hiciera sufrir. No había dolor, ni rencor, sólo el infinito. Permaneció en ese estado hasta que los pájaros le anunciaron que se estaban llevando la tarde entre sus plumas.

Cuando Malinalli regresó al lado de su esposo y sus hijos, parecía diferente. Irradiaba paz. Los abrazó fuertemente, los besó, jugó con sus hijos antes de llevarlos a dormir. Hizo el amor con su esposo toda la noche. Luego, salió al patio y a la luz de la luna y con la ayuda de una antorcha, con sol y luna, intentó plasmar en una imagen la experiencia de ese mágico día. Abrió su códice y en la última página pintó a la señora Tonantzin luminosa, protectora, cubriendo con su manto la casa donde su familia dormía. Luego, lavó un pincel en una de las fuentes del patio.

El silencio era total. Aspiró el aroma de los nardos, metió sus pies al agua, caminó por en medio de los canales y llegó al centro del patio. Ahí, en el centro de la cruz de Quetzalcóatl, en el centro de la encrucijada de caminos, donde se aparecían las Cihuateteo, las mujeres muertas en el parto que formaban la comitiva que acompañaba a Tlazolteotl, a Coatlicue, a Tonantzin —diferentes manifestaciones de una misma deidad femenina—, ahí, en el centro del universo, se volvió líquida.

Fue agua de luna.

Malinalli, al igual que Quetzalcóatl, al confrontar su lado oscuro fue consciente de su luz. Su voluntad de ser una con el cosmos provocó que los límites de su cuerpo desaparecieran. Sus pies, en contacto con el agua bañada por la luz de la luna, fueron los primeros en experimentar el cambio. Dejaron de contenerla. Su espíritu se fundió con el del agua. Se desparramó sobre el aire. Su piel se expandió al máximo, permitiéndole cambiar de forma e integrarse a todo lo que la rodeaba. Fue nardo, fue árbol de naranjo, fue piedra, fue aroma de copal, fue maíz, fue pez, fue ave, fue sol, fue luna. Abandonó este mundo.

En ese momento, un relámpago, una lengua de plata se dibujó en el cielo y anticipó una tormenta. Su luz iluminó la inmovilidad del cuerpo de Malinalli, quien había muerto segundos antes. Sus ojos fueron absorbidos por las estrellas, que de inmediato supieron todo lo que ella había visto en la tierra.

Fue un trece, el día en que Malinalli nació a la eternidad. Juan Jaramillo lo celebraba a su manera. Reunía a sus hijos en el patio, lo llenaban de flores, de cantos; luego, cada uno de ellos leía un poema escrito en náhuatl para Malinalli. Terminado el ritual, guardaban silencio para impregnarse de ella antes de irse a dormir.

En contraste con esta íntima ceremonia, en la misma fecha las autoridades coloniales cada año organizaban un festejo para conmemorar la caída de la gran Tenochtitlan, el 13 de agosto de 1521. La celebración se organizaba en la iglesia de san Hipólito, debido a que la fecha del triunfo de los españoles sobre los indígenas correspondió con el día de san Hipólito.

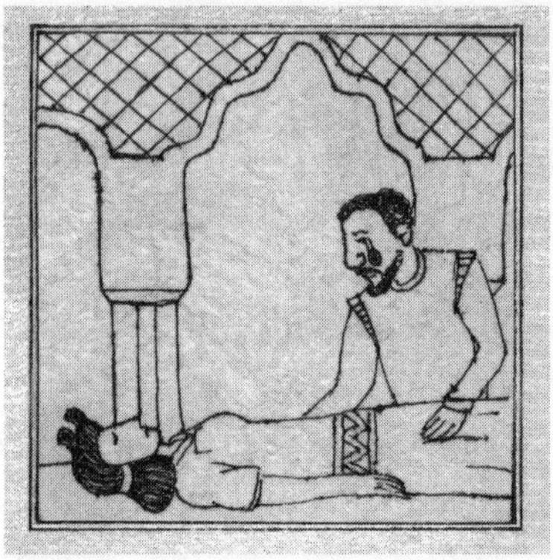

Varias veces invitaron a Jaramillo a ir a la misa de celebración de la caída de Tenochtitlan, mismas que él se negó. Años más tarde, rechazó el honor que le habían conferido de sacar el pendón en la fiesta de san Hipólito, lo cual las autoridades consideraron un desacato.

Bibliografía

ARGÜELLES, José. *El factor maya.* Hoja Casa Editorial. México, 1993.

CORTÉS, Hernán. *Cartas de relación.* Editorial Porrúa, decimonovena edición. México, 2002.

CARRILLO DE ALBORNOZ, José Miguel. *Moctezuma, el semidiós destronado.* Editorial Planeta Mexicana, S.A. De C.V., primera reimpresión. México, enero de 2005.

DÍAZ DEL CASTILLO, Bernal. *Historia verdadera de la conquista de la Nueva España.* Editorial Porrúa, vigésima edición. México, 2002.

DURÁN, Fray Diego. *Ritos y fiestas de los antiguos mexicanos.* Editorial Cosmos, primera edición. México, 1980.

DURÁN, Fray Diego. *Historia de las Indias de Nueva España e Islas de la Tierra Firme.* Editorial Porrúa, segunda edición. México, 1984.

DÍAZ INFANTE, Fernando. *La educación de los aztecas.* Panorama Editorial, quinta reimpresión. México, 2001.

ESCALANTE PLANCARTE, Salvador. *Fray Martín de Valencia.* Editorial Cossio. México, 1945.

FERNÁNDEZ DEL CASTILLO, Francisco. *Catalina Xuárez Marcayda.* Editorial Cosmos, primera edición. México, 1980.

FLORESCANO, Enrique. *El mito de Quetzalcóatl.* Fondo de Cultura Económica, tercera reimpresión. México, 2000.

FUENTES MARES, José. Cortés, *El hombre.* Editorial Grijalbo. México, 1981.

GLANTZ, Margo (Coordinadora). *La Malinche, sus padres y sus hijos.* Taurus. México, 2001.

GÓMEZ DE OROZCO, Federico. *Doña Marina, la dama de la conquista.* Ediciones Xóchitl. México, 1942.

GUERRERO, José Luis. *Flor y canto del nacimiento de México.* Librería Parroquial de Clavería, primera edición. México, 1990.

GUTIÉRREZ CONTRERAS, Francisco. *Hernán Cortés.* Salvat Editores. Barcelona, 1986.

HERRÉN, Ricardo. *Doña Marina, la Malinche.* Editorial Planeta, tercera reimpresión. México, 1994.

LANYON, Anna. *La conquista de la Malinche.* Editorial Diana. México, 2001.

LEÓN PORTILLA, Miguel. *Toltecáyotl, aspectos de la cultura náhuatl.* Fondo de Cultura Económica, quinta reimpresión. México, 1995.

MARTÍN DEL CAMPO, Marisol. *Doña Marina.* Editorial Planeta DeAgostini. México, 2002.

MARTÍN DEL CAMPO, Marisol. *Amor y conquista, la novela de Malinalli mal llamada la Malinche.* Editorial Planeta/Joaquín Mortiz. México, 1999.

MARTÍNEZ, José Luis. *Hernán Cortés (versión abreviada).* Fondo de Cultura Económica, primera reimpresión. México, 1995.

MENÉNDEZ, Miguel Angel. *Malintzin, en un fuste, seis rostros y una sola máscara.* Editora de Periódicos S.C.L. «La Prensa», primera edición. México, 1964.

MIRALLES, Juan. *La Malinche.* Tusquets Editores México S.A. de C.V., primera edición. México, 2004.

MOCTEZUMA, Hipólito. *Astrología azteca.* Ediciones Obelisco. Barcelona, España, 2000.

NÚÑES BECERRA, Fernanda. *La Malinche: de la historia al mito.* Instituto Nacional de Antropología e Historia. Col. Divulgación, segunda reimpresión. México, 2002.

PRADIER, Kay. *La princesse aztèque Malinalli.* Éditions Favre. Lausana, 2001.

PRESCOTT, W. H. *Historia de la conquista de México.* Ed. Porrúa. México, 1976.

RASCÓN BANDA, Víctor Hugo. *La Malinche.* Plaza & Janés. México, 2000.

RUIZ DE VELASCO y T., Luis. *Malinche, el Teule.* Planeta. México, 1995.

SAHAGÚN de, Fray Bernadino. *Historia general de las cosas de la Nueva España.* Editorial Porrúa, décima edición. México, 1999.

SÉJOURNÉ, Laurette. *El universo de Quetzalcóatl.* Fondo de Cultura Económica, quinta reimpresión. México, 1998.

SÉJOURNÉ, Laurette. *Pensamiento y religión en el México antiguo.* Fondo de Cultura Económica, novena reimpresión. México, 1990.

THOMAS, Hugh. *Conquest: Montezuma, Cortés, and the Fall of Old Mexico.* Touchstone, Estados Unidos, 1995.

VALLE-ARIZPE de, Artemio. *Andanzas de Hernán Cortés.* Editorial Diana, primera edición. México, 1978.

Agradecimientos

En el aire, en el invisible, navegan infinidad de ideas en movimiento. Durante su recorrido se cruzan unas con otras y producen encuentros luminosos que más tarde se plasman en imágenes, en sonidos, en palabras: en conocimiento.

Este libro es el resultado de mi búsqueda de respuestas a las preguntas: ¿Cómo era la Malinche? ¿Qué pensaba? ¿Qué sabía? ¿Qué ideas la acompañaban?

Las respuestas las encontré no sólo en libros de historia, sino en conversaciones con mis amigos y en mi contacto con el invisible, donde el tiempo se desvanece y es posible tener encuentros afortunados con el pasado.

En este viaje conté con la compañía y el apoyo incondicional de Javier Valdés, quien me ayudó con el trabajo de investigación; de Salvador Garcini, quien se sumó a este esfuerzo y nos compartió sus sueños, sus pensamientos de luz; de Antonio Velasco Piña, quien enriqueció nuestro conocimiento sobre la historia de México.

Walter de la Gala, Elena Guardia, Isabel Molina, Víctor Hugo Rascón Banda y Alfredo Robert, quienes pusieron a mi disposición libros sobre el tema.

Víctor Medina y Soledad Ruiz, quienes me brindaron inapreciables sugerencias.

Mi sobrino Jordi Castells puso su talento, su intuición y su sensibilidad en la creación del códice que acompaña esta edición.

Mi hermano Julio Esquivel y Juan Pablo Villaseñor me regalaron su tiempo y su ayuda cibernética en la obtención de datos.

Cristina Barros y Marco Buenrostro participaron con sus conocimientos sobre la cocina mexicana.

A todos ellos va mi firme y sonoro agradecimiento.

Otros títulos:

Memorias de una geisha
Arthur Golden

La Llave Maestra
Agustín Sánchez Vidal

La Historia Secreta del Clavel Carmesí
Lauren Willig

La Cruz de Ceniza
Fran Zabaleta y Luis Astorga

La yegua blanca
Jules Watson

Pandora en el Congo
Alberto Sánchez Piñol

Ardashir, Rey de Persia
Olalla García

Fan Tan
Marlon Brando y Donald Cammell

Malinche se terminó de imprimir en abril de 2006,
en Litográfica Ingramex, S. A. de C. V., Centeno 162,
Col. Granjas Esmeralda, C.P. 09810, México, D.F.

CALIDAD ISO 9000 CERTIFICADA
Certificado No. 02-2082